藍染袴お匙帖

父子雲

藤原緋沙子

双葉文庫

目次

父子雲　藍染袴お匙帖

第一話　父子雲

一

「先生……千鶴《ちづる》先生」

幸吉《こうきち》は息を呑んで立ち止まると、提灯《ちょうちん》を翳《かざ》して前方をじっと見た。

「あ、あれは……あれは先生！」

幸吉は恐怖に包まれた声を上げた。

「静かに……」

桂《かつら》千鶴は、小さな声で言い、目を凝《こ》らした。

人影の絶えた一ツ目橋の南袂の、月明かりの中に蠢《うごめ》く黒い影が見えた。

千鶴たちがいるのは竪川沿いで、右手に竪川、左手に弁財天、向こうに水戸家の河岸地が見える場所である。

「喧嘩でしょうか……」

幸吉が、今度は囁《ささや》くように千鶴に言った。

千鶴は月を仰いだ。下弦の月だった。

それを確かめてから、

「灯を消して」

命じるように言うと、幸吉が慌てて提灯の灯を吹き消した。

一瞬、目の前は暗くなったが、次第に辺りが見えてきた。

頼りは青白い月の光ばかりだが、かえって前方の様子がよくわかるようになった。

千鶴は、腰の小太刀を左手で確かめると、ゆっくり歩み出した。

「先生、危ないです。関わりになっては後で面倒です」

幸吉は千鶴を引き止めるように小さな声を上げながら、それでもへっぴり腰で恐る恐るついて来た。

無理もない。幸吉は薬種問屋『近江屋』の手代である。

だが、女子《おなご》の千鶴が敢然として向かっているのに、自分が素知らぬ顔で踵《きびす》を返して逃げるのも男の沽券《こけん》にかかわると思ったのだろう。

千鶴が使用する薬を近江屋から仕入れていることもあって、幸吉は三日に一度は藍染《あいぞめ》橋袂の千鶴の治療院に顔を出し、治療院の薬園の世話をしてくれている。

また今夜のように、遠方の患者の往診には、弟子のお道《みち》にかわってお供もしてくれているのであった。

もっとも今日の患者は、近江屋の主徳兵衛《とくべえ》に急遽頼まれて往診したこともあり、幸吉は初めから千鶴のお供をするつもりで治療院にやって来ていたようだ。

往診に出たのは、治療院に来院していた患者の治療を済ませた後で、夕刻になっていた。

患者の家は、竪川の南側にある六間堀沿いの御家人柏原という人の家だった。

柏原の妻女が風邪をひき医者にもみせたが、少しもよくならない。それればかりか咳咳がひどくなった。それで『近江屋』にしかるべく誰か良い医者を紹介してほしいと頼んできたものらしい。

千鶴が柏原の屋敷に到着した時には、妻女は熱を出して伏せっていた。千鶴は妻女の脈をねんごろに診て、熱をとる応急の薬を飲ませて様子をみたのち、柏原の屋敷を辞した。

夜の五ツ半になっていた。

――大川端まで出れば駕籠《かご》が拾える。

二人が急ぎ足で竪川沿いに出て、弁財天の横手まで戻って来た時に、突然、なんともいえない不気味な足音を聞いたのであった。

どしどしという辺り構わず地表を蹴る荒々しい音だった。だが、人の声は聞こえなかった。

無言で大地を踏みつけるその音は、異様な感じがした。

殺気立っているようにさえ思えた。

小走りして近づいた千鶴は、数人の若い体つきの武家が、町人二人をよってたかって殴り、蹴り上げているのを見た。

武家は五人だった。

その五人を、尻餅をついて開《はだ》けた着物のままで取り囲まれた町人二人が、ぎらぎらした恐怖の目で見上げているのが見えた。

誰かが、殺せと言ったのか、それらしい言葉が飛び交ったと思ったら、武家の一人がすらりと大刀を抜き、怯えている男の一人を袈裟掛《けさが》けに斬った。

「ぎゃっ……」

短い声を上げて、町人の一人が月影の闇に横倒しにくずれていった。

「ふっふっ」

武家は得意げな笑みを漏らすと、血を吸ったその刃を、もう一人の町人の面前に向けた。

「待ちなさい！」

千鶴は思わず叫んでいた。

一斉に武家たちがこちらを向いた。

同時に、町人に向けられていたその刀は、すっと千鶴に向けられた。

きらっと、月光に刃が光った。

「何があったのか知りませんが、殺すことはないでしょう」

千鶴は間合いをとって立ち止まると、左右に眼を走らせた。町人の男はどうやら博打《ばくち》うちか遊び人で、五人の武家はいずれもまだ若く二十歳前後のようだった。

「誰だお前は……女ひとりこんな時刻に何をしている」

五人のうちの一人が叫んだ。

「私は町医者ですが、人に名を訊く時には自分の方から名乗りなさい」

千鶴は言い、すっと腰を落として小太刀の柄頭を上げた。

「面白い、お前から殺してやる」

いきなり、大刀を提げて男が飛びかかって来た。

千鶴は、一間ほど飛びのくと、小太刀を抜いた。

「先生……」

幸吉が、泣きそうな声を上げた。

「そこにじっとしていなさい」

千鶴は叫んだ。

その時だった。

千鶴の視界から、おののいていた町人が男たちの隙をついて走り去るのが見え

たとたん、

「野郎！」

もう一人、刀を抜いて撃ち込んで来た者がいる。

千鶴はこの太刀をがしりと受けると、そのまま刀を合わせて一方に滑るように小走りし、その勢いでこの太刀を振り払った。

――向こうは大刀、こちらは小太刀……少々不利か。

今頃になって、千鶴の脳裏に恐怖が走った。

――とはいえ、むざむざとはやられぬ。

静かに息を吸って、武家たちに視線を走らせた時、

「待て、俺が相手だ」

千鶴をかばって飛び込んで来た人影がいる。

「求馬《きゅうま》様……」

驚いて見た千鶴に、

「無謀なことを……」

求馬は千鶴を背後に押しやると、撃ち込んで来た武家たちの剣を次々と払っ

た。

菊池《きくち》求馬、米沢町に住む旗本だが、近頃では千鶴の一番の助っ人である。

「わっ」

求馬の反撃を受けて、刀を飛ばされ、尻餅をついた武家がいた。

月明かりに、恐怖にひきつった顔が見えた。

「あなたは……もしや」

千鶴が走り寄ろうとしたその時、

「逃げろ」

誰かの合図で、その武家も転がった刀を拾って、仲間とともにあたふたと門前の横丁に消えて行った。

「怪我は……」

求馬が刀をおさめて訊いた。

「大丈夫です。それにしても求馬様は……」

「治療院を覗いたら、こちらに往診だと聞いたのだ。みな帰りが遅いと案じていたぞ」

「申し訳ありません」

求馬は、千鶴を案じて迎えに出向いて来たらしい。

「危ない真似はせぬ……いつか約束した筈だが……」

厳しい声だった。

だが千鶴は、

「ええ」

頷《うなず》きながら、その胸にほのかな灯がともったのを覚えていた。

視線の先の澄みきった月光の下に、一群の桜が見えた。その淡い薄紅色の狂おしく切ない色は、千鶴の胸に生じたものを、そのまま表しているようだった。

「これは求馬様」

幸吉が、まだ興奮覚めやらぬ声で走って来た。

「この者を知っているのか」

求馬は転がっている遺体を覗くと、千鶴に、そして幸吉に聞いた。

「いえ……ここで偶然出くわしたのです」

「そうか、ともかく番屋だ。幸吉、役人を呼んできてくれ」

求馬は言った。

——あの若者は……井端進一郎《いばたしんいちろう》様。

自分の記憶に間違いないとすればそうだが、

——まさか……。

千鶴は半信半疑で、刀を飛ばされ、尻餅をつき、恐怖に顔を引きつらせて、求馬を見上げた若い武士の顔を思い返していた。

——もし進一郎様なら、しかしなぜ、あんな凶暴な連中と一緒にいるのか……。

千鶴はあれから帰宅し、軽く夜食を摂ってから書斎に入ったが、頭の中は、今夜遭遇したあの事件に心を奪われていた。

町人二人を襲撃していた若者たちは、明らかに武家の子弟だった。

一方の町人は、まっとうな道を歩いている者でないことは確かであった。

事実、殺された町人は、本所深川界隈の賭場に出入りして食っている『ヤモリの又次郎』というごろつきだったということが、あの後すぐに判明した。

いや、そういう組み合わせはいくらでもあるだろうが、気になるのは、あの若い武士だった。

井端進一郎というのは、長崎の出島に、長崎奉行配下の者として赴任し、シーボルトの警護役だった井端進作《しんさく》の嫡男のことである。

千鶴はかつて長崎に留学した折、井端進作には多大な世話になっている。来日したフィリップ・フランツ・フォン・シーボルトに引き合わせてくれたのが、井端進作だったのである。

当時千鶴は長崎に留学したものの、来日したばかりのシーボルトには会えずにいた。

残暑厳しき八月のこと、後に出島の外に鳴滝塾《なるたきじゆく》ができ、多くの医師たちが勉学の機会を得るのだが、まだその頃は、シーボルトも日本に到着したばかりで、日本の医師たちは個々にオランダ商館を訪ねて医学の教えを乞うていた。

シーボルトに教えを乞いたい医師たちは、日本各地から長崎に集まっていた。

ただ、多くの医師は、幕府の、あるいは藩の命を受けてやってきていたから、出島の中に入るのも千鶴よりは、遥かに容易で、優遇されていたといってよい。

千鶴の父は有名な医学館の医師に違いないのだが、千鶴自身は幕府の、あるいはどこかの藩の医師ではない。

ただの修行生なのだ。

おまけに千鶴は女であった。

この時、多くの医師や医学生たちが長崎に集まったが、女の修行生は千鶴一人だったのである。

ここはままごとをする所ではないぞ――。

そう言わんばかりに、男の修行生たちは女の千鶴を無視し、あるいは冷たい視線を投げてきた。

悔しいが出島の中には、通行許可の木札がいる。

その木札が無ければ、ただ会いたい、教えを乞いたいと言ったところで、勝手に中に入れるものではない。

千鶴は、期待をして送り出してくれた父東湖《とうこ》のことを思った。

このますごすごと江戸には帰れないと心を決めた。

――よし、諦めるものか。

千鶴は胸のうちを奮い立たせて、思い立ったその日から出島の表門に立った。

なぜなら千鶴は、この表門で、日本の医師を従えて出かけていくシーボルトの姿を何度も見ていたからだ。

シーボルトは、オランダ医学を伝授するために、町の病人を往診する時には日本の医師を連れて行く。

また近郊の山野で薬草を採取する時もそうだった。

出島は海の中に作られた扇形の、三千九百六十九坪にも及ぶ人工島だ。

陸への出入りは、この表門をおいて他にはなかった。

むろん船着き場は一か所あるが、ここは人の出入りする場所ではない。

表門に立っていれば、いつか必ずシーボルトに会えるのである。

——会えればなんとかなる。

弟子の一人に加えてもらえると信じた千鶴は、門番の恐ろしげな目ももとのともせずに、門前に立った。

強い日射しが照りつけていた。

額にも首筋にも、汗が滲《にじ》んだ。

朝六ツから夕六ツまで、千鶴は立ち続けた。

三日目の朝、千鶴に声をかけてくれたのが、井端進作だったのだ。

井端は、警護が任務だったが、通詞《つうじ》の真似事ぐらいはできる勉強家だった。

千鶴の話を聞いた井端は、すぐに日蘭双方の諸役にかけ合ってくれて、通行許可の木札を渡してくれたのである。

しかも、直々にシーボルトに紹介してくれたのも井端であった。

その日から、千鶴は他の医師同様、教えを乞うことが出来た。

それればかりではない。

遠い江戸からやってきた娘の医師を、シーボルトは気に入って、他の医師には許されない出島の中を案内してくれた。

食料にするために飼育されている牛や豚なども見学したし、薬園も見せてくれたし、カピタンにも紹介してくれた。

井端もまた、長崎の町を案内してくれたり、食事をご馳走してくれたりもした。

井端は酒が入ると、よく江戸に残してきた自慢の家族の話をした。

妙《たえ》という物静かな妻と、二人の息子、進一郎と進介《しんすけ》の話である。

進一郎は兄のせいか融通のきかぬ一途なところがあり、進介には自由闊達なところがあるなどと言っていた。

翌年のこと、シーボルトは日本女性の楠本《くすもと》たき（其扇《そのぎ》）と結婚するに至って、出島の外に住居と医学所を兼ねた家を建てた。

それが鳴滝という塾だった。

建物は二町歩ほどの敷地に母屋が二棟、別棟が三棟、優秀な塾生はここに寝泊まりを許されて、先生と一緒に患者を診、勉強をすることになっていた。

千鶴も志願していた。

ところがまもなく入塾という時になって、父の東湖の死を知らされ、後ろ髪を引かれる思いで長崎を後にして江戸に戻って来たのである。

だから鳴滝塾には入門したというわけではないが、それまでの、一年近くに及ぶ間にシーボルトから受けた知識と技術は、他の医師に負けぬ収穫があったと思うし、そういう自負が、今の千鶴を支えている。

それらは全て、井端進作の援護があったからこその話であった。

だからこそ千鶴は、江戸に戻って来て父の弔《とむら》いをすませると、すぐに井端進作の家族を訪ねた。

井端の屋敷は、本所の石原町の東方にあった。

千鶴は、井端の妻女と二人の子息に、長崎での進作から受けた厚情を謝し、生き生きと彼の地で任務に励む進作の現況を伝えると、

「お父上様に負けない立派な人にならなければ……」

妻女の妙が、嬉しそうに二人の子息にそう言うと、二人の子息も大きく頷き、兄の進一郎は、

「私は父のようになりたいと思います。私もいつか長崎に参りたいものです。そのために、蘭語の勉強をしています」

溌剌《はつらつ》とした決意で千鶴に告げたし、弟の進介も、

「私は大通詞になります。私も蘭語を勉強します」

目をきらきらさせて言い、母親の妙が涙ぐむという場面もあった。

絵に書いたような、固い絆《きずな》で結ばれた家族だと千鶴は思った。

ところがしばらくして、今日のように酔楽《すいらく》を訪ねた帰りに、ふと井端の家族の

顔を見たくなって立ち寄ったことがある。

その時の井端家は、目も当てられぬほど一変していた。

家族は井端の死を突然知らされて、呆然自失の中にいたのである。

妻女の妙の話では、お役目に不手際があり、責任をとって自害して果てたというのだが、その仔細は知らされていないようだった。

晴天の霹靂《へきれき》というのは、こういうことを言うのだろうか——。

数か月前の家族の姿はそこには無かった。

輝いていた目は、黒い霧に覆われて、笑みを湛《たた》えていた口は、憤りで震えていた。

俄《にわか》には信じられなかったが、唇を噛んで堪える妻女の妙と、睨《にら》むようにして膝で拳をつくっている進一郎と、しゃくりあげて泣いている進介の姿を見て、これは夢ではない現実なのだと納得した。

それにしても、一体長崎で何があったのか、妻の妙にすら詳しいことは知らされていないというのが、一家の不安をかきたてていた。

あの時の、怒りを秘めた進一郎の姿を、昨日のことのように千鶴は覚えている。

そう……あの時の進一郎を、奇しくも今夜見たのであった。

――あの家族に、わたくしの知らない何かが起こっている。

千鶴は不安に襲われていた。

じっ、じじじ……。

燭台の蠟燭が燃える音が、千鶴の耳を襲ってくる。

千鶴は、書見台に書物を開いたまま、今夜偶然見た進一郎の姿を、じっと思い出していた。

二

「これは若先生、親分がお待ち兼ねでございやす」

根岸の酔楽に呼ばれたのはまもなくのこと、千鶴が早速屋敷に出向くと、玄関先で五郎政《ごろまさ》が待ち構えていた。

五郎政は近頃、千鶴を若先生と呼び、酔楽を親分と呼ぶ。

昔はやくざな人間だったが、近頃はすっかり酔楽の子分気取りであった。

御府内の桜は、どこもかしこも満開だったが、酔楽の庭に植えられた桜はまだ八分咲きというところか。庭から伸ばした若い枝に、瑞々《みずみず》しい花をつけているのが見えた。

「五郎政さん、これ、お竹《たけ》さんからです」

千鶴は式台に上がると、胸に抱いてきた風呂敷包みを五郎政の手に渡した。

「いつもすみません。ごちになります」

五郎政は言い、頭を下げた。

「佃煮とか、いろいろね、入っているようです。近頃近所に京豆腐のお店が出来ましたので、お豆腐とかお揚げとかが入っています」

「そりゃあどうも、親分も喜びまさ」

「おじさまは、お部屋ですね」

「へい。客人が一人、参っておりやす」

「お客様が？」

「へい。首、長くしてお待ちでございやすから、早くお顔をみせてやっておくんなさいまし」

五郎政は畏《かしこ》まって言い、頷いた。

廊下に出ると、酔楽が豪快に笑う声が聞こえてきた。

客の笑い声も聞こえた。客は男のようだった。

「おじさま、遅くなりました」

千鶴が客間の廊下に膝を落とすと、

「おお、来たか来たか、待っておったぞ。堅苦しいことはいい」

酔楽は部屋から手招きをした。

「失礼いたします」

部屋の中に、すすっと入ると、

「これはこれは、こちらが桂東湖先生のご息女、千鶴殿でございますか……いやいや、噂にお聞きしておりましたが、美しい女医者殿でございますな」

客人は、千鶴が座るや、早速挨拶してきた。

「桂千鶴でございます」

「千鶴、こちらは、幕府の天文方で高室俊輔《たかむろしゅんすけ》と申す御仁だ」

酔楽は言った。

千鶴は息を呑んで見た。

天文方に知己はない訳ではないが、高室といえば天文方を束ねている重職を担う身である。

「何、高室殿とは、蘭書を通じてな、行き来しておる。もっとも、こっちが何かと尋ねて教えを乞うことが多いのだが……」

「とんでもございません。天文方に蛮書和解御用の局を設けることが出来たのも、上様にお薬を献上なさっている酔楽先生のお力があったればこそのこと、こちらの方が何かとお世話をおかけしているのです」

高室は酔楽を見て、頷くように頭を下げた。

「それじゃあ、高室様も蘭書の翻訳をなさっておいでなのですか」

千鶴は、目を見張って聞いた。

「はい。みなで力を合わせてやっています。ただ今は『厚生新編』の訳業の最中です」

厚生新編とは、百科事典のことである。

蛮書和解御用という部署は、新設より年々蘭学の熱も高まって、学者や医師からも注目されていた。

千鶴は、目を輝かせて言った。

「いつでしょうか。私たちが拝見できるのは……」

「千鶴」

横合いから酔楽の声が飛んできた。

「今日お前に来てもらったのは他の話だ」

酔楽は珍しく神妙な顔をしていた。

「実はな、こたびのオランダ商館長江戸参府に、シーボルト医師が同行して参ることになり、先月二月の中頃、すでに長崎を出立しているということだ」

「まあ……」

千鶴は、飛び上がるほど驚いた。

オランダのカピタンは四年に一度、江戸に上ってくる。

将軍に拝謁し、珍品を献上し、臣下のように礼を尽くして、今後の友好関係を築こうとするものである。

この時、商館長のカピタンは数人のオランダ人を連れてくるが、その中に出島の医師がたいがい同伴してくるのであった。

日本の外国への興味が大きかったからである。

蘭学者や医師たちは、外国の文化や政《まつりごと》や医学に触れ、あるいは教えを乞うために首を長くして待っていた。またとない良い機会だったのである。

それにしても、先月中頃長崎を出立したというのなら、とっくに江戸に到着していてもいい頃ではないか。

そんなことが、頭をちらりと過ぎった時、

「到着が遅れているのは、シーボルト先生がともかく研究熱心で、宿泊先の京大坂の宿泊地でも、いままでになく時間をかけて滞在しているからだが、まっ、御府内に到着なさるのは四月の上旬かな……。お前もよく知っている井端進作殿の家族に是非会いたいと申されているようなのじゃが……」

「井端様のご家族にですか」

千鶴の脳裏に、進作が自害したと知らせを聞いた妻と息子たちが泣き崩れる様子と、粗暴な若い武家と行動をともにしている長男進一郎の姿が浮かんだ。

「そうそう、千鶴先生、これは、あなたへのシーボルト先生からの手紙です」

高室は懐から手紙を出して、千鶴の膝前に置いた。

「千鶴先生に直接お渡ししようと思ったのですが、ご存じの通り、井端様があんなことになって、私どもも真相を計り兼ねて困惑しておりました。それで、酔楽先生に相談がてら、こちらをお訪ねしたのです。まずはどうぞ、お手紙をお読み下さい」

「はい」

千鶴は手紙を取り上げると、一気に読んだ。

懐かしいシーボルトの筆跡で、必ず時間をつくって会いたいということと、井端進作の家族に引き合わせてくれるよう、橋渡しを願いたいと書いてあった。

さらには、井端の遺族に会う件については、公に幕府の役人に頼むわけにはいかず、あくまで千鶴個人への頼みだと書いてあった。

――やはり、井端様の死は、幕府に憚《はばか》られるような何かがあって、そのためだったのか……。

千鶴の胸に、不安が過ぎった。

その不安を決定づけるように、酔楽が苦い顔をして言った。

「千鶴、井端家は今たいへんなことになっているらしいぞ」

頷いた高室が後を続けた。

「井端様が亡くなられて、何があったのか、俸禄は召し上げられたようです。お家断絶はかろうじて免れたようでして、家族三人の扶持米《ふちまい》だけは頂いているようですが、それでは暮らしが立ちません。屋敷もしばらくはそのままのようですが、妙殿は病気です。あの屋敷では養生はままならぬと周りの人も心配されて、今は井端様の兄にあたる井端作之丞様のところに身を寄せておられるということです。実は蛮書和解御用の局に次男の進介殿が小間使いをしながら通詞の勉強をしておりまして、その進介殿からこれは聞き出した話です」

「……」

「進介殿の悩みは、御母上の病気もさることながら、兄の進一郎殿がどうやら自暴自棄となって家出しているようで、それを案じているようなのですが……」

「やはり、そうでしたか」

千鶴は頷いた。

「やはりとは、何かご存じですか」

高室は、案じ顔で見返してきた。

「ええ」

千鶴は、あの夜の事件を話した。

「まさかとは思ったのですが、きっとあの人が進一郎様だったのでしょうね」

「困った息子だ」

酔楽が舌打ちした。

「シーボルト先生は井端様のご家族のことを案じておられます。不遇と、苦悩のどん底にいる家族の有様を知ったら、どんなに悲しまれるか。それを思うと、この話、どうしたものかと考えあぐねまして……」

高室は大きな溜め息をついた。

「……」

千鶴は、胸が痛くなった。

長崎ではあれほど世話になった井端である。

その井端の家族に、何の手助けも出来ないできたことを、改めて悔やんでいた。

「千鶴、お前と井端殿との関わりは深い。ここは一つ尽力してやってくれぬか……出来れば一家の安穏を見届けたいというシーボルト先生の意を叶えてやることは出来ぬものかとな」

「やってみます。わたくしも、井端様の家のこと、知らぬ顔してシーボルト先生にお会い出来る筈がありません」

千鶴は、きっぱりと言った。

——手ぶらで恩師に会える訳がない。

「おじさま、五郎政さんをお借りしてもいいですか」

「いいとも、いくらでも使ってくれ」

「ありがとうございます。やってみます……なんとしてでも……」

強い思いが胸の中で次第に膨らんでいく。千鶴はじいっとそれを確かめていた。

「市蔵《いちぞう》、若先生に怪我があってはならねえ、気を入れて舟を漕いでくんな、ぴしっとな……桜に見とれて手を抜くんじゃねえぜ」

五郎政は、猪牙舟《ちょきぶね》の若い船頭に、なかば脅しをかけるような言い方で念を押した。

「兄貴、お任せを、きっちり若先生をお届け致しやす」

市蔵と呼ばれた男は、これまた五郎政に調子を合わせて返事をした。

五郎政には、どうやらこの根岸に弟分が出来たらしい。

三人の会話を知らぬ人が聞いたらと思うと、ちょっぴりひやりとする千鶴だが、五郎政の性質を知っているだけに苦笑してやり過ごす。

この根岸の西北、石神井川《しゃくじいがわ》用水には『くいな橋』という橋がかかっているが、千鶴はこの橋下の河岸から舟で帰ることにした。

普段ならゆっくり景色を楽しみながら、ぶらぶらと神田の藍染屋敷まで帰るのだが、今日は気が急《せ》いていた。

進一郎を一刻も早く捜し出して、シーボルトの願いを果たしてやらなければならない。

そのために五郎政には、井端進一郎がどんな輩《やから》と行動を共にしているのか、また、あの時殺されたヤモリの又次郎というごろつきとの繋がりはどのようなものであったのか、それを五郎政の才覚で調べて欲しいと頼んだのである。

そうして自分は、念のため、かつての井端家に立ち寄ってみようと考えた。寄り道をすれば、夕刻までに藍染屋敷に帰るのは難しい。

それで舟か駕籠を五郎政に頼んだところ、

「若先生、そういうことでしたら、舟がよろしかろうと存じやす」

五郎政の答えはすぐに返ってきた。

「近頃親分も気にいって時々利用している男がいやして……いや、この男がですね、えらくあっしを慕ってくれやして、市蔵と言います。市蔵はあったかくなったら、野山をめぐって、ある時は螢をとり、虫をとり、野草をとって街で振り売りしている奴なんですが、猪牙舟も操れますから」

五郎政の勧めで、千鶴は市蔵の舟に乗ったのである。

「じゃ、若先生、ごめんなすって」

舟が岸から離れると、五郎政は大仰《おおぎよう》に腰を折った。

用水は、幅が一間から一間半ほどのものである。深さは三尺ほどで、しかしこの流れは、新吉原あたりから山谷堀と呼ばれ、隅田川に流れ出ているのであった。

岸辺は柔らかい緑に彩られている。ところどころの土手には桜の木が植ってい
て、花を競っていた。

物見遊山の外出なら、この田舎の素朴なたたずまいは、いわれぬ風情があると
喜ばれるに違いない。

だが今日の千鶴は、舟が岸を離れると、すぐに井端家の人々の身の上に心が飛
んだ。

酔楽には言っていないが、千鶴はあれからもう一度井端家を訪ねていた。

しかしその時には、今思えば家族はひたすら崩壊に向かって走り始めていたよ
うだ。

千鶴が訪ねた時、妙は床に伏せっていた。

その側で見台に向かう次男の進介の姿はあったが、長男の進一郎の姿はなかっ
た。

千鶴は妙を診察した。

妙の病は、心の臓が不調をきたしたものだった。不整脈が甚だしく、実際息苦

しくて起きてはいられないのだと妙は言った。

胃や腸も弱っていて、食事もすすまないようだった。

夫の死による神経の衰弱が、様々な症状を呈しているのだと思われた。

千鶴は薬を調合し、二人のご子息のためにしっかり生きるように励ましたが、妙は涙ぐむばかりで心許無《こころもとな》い。

千鶴は帰宅するとすぐに、お竹に人参《にんじん》を持たせて見舞いにやった。

その返事は、お竹が持ち返ってきたのだが、妙の手紙には、

『心にかけて頂いて有り難く存じますが、夫の死に不審な点があるとわかった以上、あなた様にもしも迷惑がかかってはと心配です。

高価な人参を届けて頂いて、このようなことを申し上げるのは申し訳なく存じますが、拙宅にお立ち寄りは、しばらくご遠慮下さいませ。

人参は厚かましく頂戴してもとの健康をとりもどすようにつとめます。ご安心下さいますように。いずれこちらからご連絡致します。それまでは静かに見守って下さいますようお願いします』

そんな言葉が綴《つづ》られていた。

自分たちに近づくのは、しばらく控えて欲しいと言ってきた。

——無理もない。

千鶴はその時、そう思った。

落ちぶれていく様を人にじっと見られるのは辛いものがある。

千鶴は以後遠慮した。

そして、突然、進一郎の変わり果てた姿に遭遇した。

もう少し、自分なりに何か出来たのではないか……悔いの残るところである。

「市蔵さん、そこで下ります」

千鶴は御厩河岸《おうまやがし》の渡し場になっている石原町の岸で下りた。

埋堀沿いを東に歩き、武家屋敷が続く通りに出た。

井端の屋敷は、塀の上から桜の枝が覗く家だった。

千鶴が門前に立った時、その枝には寂しげに花がついていた。

屋敷の中はしんとして、人の気配はなかった。

どことなくうつろなたたずまいの井端の屋敷を塀越しに見つめていたが、踵を返したその時、ことりと音がした。

振り返ると、若い男が風呂敷包みを手に、のそりと出てきた。

千鶴と目が合って息を呑む。

汚れた着物を着、髪を乱し、すさんだ目をしているが、紛れもなく進一郎だった。

「進一郎様ですね」

千鶴がとっさに駆け寄ろうとした時、男は驚いた顔で風呂敷包みを抱き抱えて後退りし、くるりと背を向けると駆け出した。

「お待ち下さい、進一郎様」

千鶴は後を追った。

だが、若い男の足に追いつける訳がない。

隣の屋敷の角を曲がったところで、進一郎の姿を見失った。

——やはり……進一郎様は家出をしたと先ほど聞いたところだが、時折こうしてこの家に帰ってきている。

千鶴は矢立てから小さな筆を出すと、懐紙を取り出し、

進一郎様
早急にお会いしたいのです
大事なお話があります

それだけ書いて、桂千鶴と名をしたためると、井端家の門前に戻って、その懐紙を門扉の下から、すいと奥に差し入れた。

「やっぱり……千鶴先生じゃありませんか」

驚いた声が千鶴を呼んだ。

どきりとして振り返ると、南町奉行所定中役《じょうなかやく》同心、浦島亀之助《うらしまかめのすけ》と手下の猫八《ねこはち》が走って来た。

「ほらね、千鶴先生を泥棒だなんて、旦那は目も悪くなっちまったんですか」

猫八が十手で亀之助の胸を叩いた。

「そんなことは言っとらん」

亀之助は怒った顔をしたが、すぐに真顔になって、

「どうしました……このような所まで往診ですか」

「いえ、この家に住んでいた人たちが気になりまして……浦島様は？」

「横川で酒に浮かれた男が、おぼれ死んだと知らせがあったんです」

「まあ、お調べですか」

「そうです。上の者も、ようやく私の実力を認めてくれまして、この春から私は定町廻《じょうまちまわ》り補佐役になりました」

「まあ、すごい。定町廻りといえば同心の花形」

「はい。定中役ではなく、定町廻りです」

「それはおめでとうございます」

「先生、千鶴先生。まだ旦那は、定町廻りになった訳ではございやせんから」

横から猫八が茶々を入れる。

「猫八」

亀之助がすかさず制する。だが、猫八の言う通りだから、制する声にも迫力がない。

「旦那、すべて、すべてですよ、千鶴先生のお陰で補佐役になれたんじゃございませんか。いつも困った時には、千鶴先生が頭と腕をお貸し下さった。旦那の手柄じゃないんですから」

「まったく、お前は嫌なことを言う奴だ。いずれにしたって出世は出世だ」

二人の掛け合いを聞いて、千鶴はくすくす笑った。

「まっ、そういう訳でして、いの一番に千鶴先生にお知らせしようと思ったのですが、事件に駆り出されまして」

「いいのですよ、わたくしに報告なんて」

「いえ、私はまず先生に喜んで頂きたくて。今後ともよしなに頼みます」

亀之助はしおらしく頭をかいた。だが、さすがに嬉しそうである。

「わたくしのお手伝いなどではありません。浦島様の努力が実ったのです。頑張って下さい、浦島様」

千鶴は、亀之助の出世を心から祝っていた。

三

「何だと……金が欲しいだと？」

深江定次郎《ふかえさだじろう》は、盃を膳の上に乱暴に置くと、目の前に畏まってすわっている井端進一郎をぎょろりと見た。

　進一郎は膝前に、風呂敷包みを差し出すように置いている。

　一瞬静かになった部屋の中に、寝室の酒席のざわめきが聞こえてきた。

　進一郎が風呂敷包みを抱えて飛び込んだこの宿は、北六間堀町にある小料理屋『笹野屋』の二階であった。

　おすぎという女将《おかみ》がやっている店だが、おすぎは定次郎の色である。

　色といっても、おすぎには板前で常吉という亭主がいたのだが、賭場で定次郎に金を借りたばっかりに、返済が滞《とどこお》ったと言って、定次郎は常吉を半殺しにして叩き出し、むりやりおすぎをてごめにした。近頃ではこの店で、食いたい放題飲みたい放題の勝手を繰り返しているのである。

「それで、屋敷に残っていたお宝を持ってきたっていうんだな」

　定次郎は、隣で手酌で飲んでいる中村与五郎と顔を見合わせて、ふっふっと笑った。

　他にもこの部屋には、酒井三郎という男と、近藤虎之助という男がいて、いずれも興味津々の顔をして、深江定次郎と井端進一郎のやりとりに耳を傾けている。

いずれも旗本や御家人の次男三男坊で部屋住みの身分である。

定次郎の家が一番高禄で五百石、年齢も一番高くて二十三歳、仲間内では兄貴格で、みなこの定次郎の指揮で動いている。

進一郎は一番後から仲間入りした新米であった。

しかも、御家人とはいえ父が自害したため、百俵貰っていた俸禄も、長崎勤務の特別手当も召し上げられて、今はわずかな扶持米ばかりの暮らしである。

家族三人食べてはいけぬほどの貧困である。

質に入れられるものは入れ、人の手に譲れるものは譲り、一家は今まで糊口《ここう》を凌《しの》いできたのだが、金に換えることの出来る品は、もう家にはなかった。

ただ数点残っていたのは父親の形見だった。

たとえ飢えても手放してはならぬと言った、母の思いもあったからである。

だからさすがの進一郎も、いくら気持ちが荒《すさ》んでも、父の形見だけは家から持ち出すことはしてこなかった。

だが、今度だけはそうもいかなくなったのである。

「定次郎さん、この通りだ」

進一郎は手をついた。

定次郎は渋い顔をして、それでも風呂敷を引き寄せて、それを開いた。

「双眼鏡と……こっちは？……」

本をぱらぱらと捲《めく》って、

「蘭書か」

「はい。親父の形見です」

「ふむ」

定次郎は双眼鏡を覗いて、進一郎や仲間や、天井を仰いで見たりした後で、

「いったい幾ら欲しいんだ……何に使うのか言ってみろ」

目の前の骨董《こっとう》を値踏みするように言った。

「五両」

「五両……何に使うんだ」

「親父の敵《かたき》を討つために、鉄砲を買いたいんです」

「鉄砲！」

定次郎はたまげた顔をして叫ぶと、今度は神妙に小さな声で訊いた。

「いったい、誰を殺《や》るんだ」

「シーボルトです」

「何……シーボルトといやあ、長崎のカピタンのところにいる医者のことか」

「はい。親父は奴のために自害させられたんです。長崎まで出向いて敵をとってやろうかと考えていたところに、この江戸に参府してくると噂を聞いて……」

「誰から」

「弟の進介です。この機会を逃したら、一生敵は討てません」

「偉い……進一郎、お前を見直したぜ、なあみんな」

定次郎は仲間を見渡してそう言った。

「よし、わかった。そういうことなら協力するぜ、進一郎」

「ありがとうございます」

「おう、鉄砲は任せておきな、俺が見つけてきてやるぜ」

「本当ですか」

「だからよ、これはしまっておきな。親父の形見を売り飛ばしちゃあ寝覚めが悪いというもんだ」

　定次郎は風呂敷包みを突き返した。

「定次郎さん……」

　思いがけない定次郎の情けに、進一郎はほろりとした。

　おっかけて定次郎が言った。

「金は別のところで作ればいい」

「別の……」

　怪訝《けげん》な顔で進一郎が見返すと、

「お前も知っている通り、俺たちが困った時に使う手は一つしかねえ。いつもはお前は脇役だが、今度は違う。お前が頭になってやってみろ」

「定次郎さん」

「そんな情けない顔するんじゃねえぜ。いいか、やり方次第では、お前の取り分も五両なんて半端な額じゃねえ、十両、二十両にもなるんだぜ。いいか、こんなことで臆して、人殺しが出来る訳がねえ。違うか」

「わかりました、やらせて頂きます」

「そうか。それでこそ、お前は俺たちの本当の仲間になれるんだ」

「はい」

進一郎は大きく頷いた。

世の中の人たちは、定次郎たちをあぶれもののように毛嫌いしている。

だが、今の自分を支えてくれているのは、まさに目の前にいる定次郎はじめこの連中だった。

父親が思いがけない自害を遂げて、世間は井端家に不審な目を向けてきた。

それは一瞬にして、それまでの井端家の暮らしを覆《くつがえ》すような大きな事件だったのである。

定次郎たちについていけば、いずれ逃れられぬ悪の道に入るのはわかっているが、進一郎はこの連中の中に自分の居場所を見つけようとしているのであった。

「ごめんなさいまし。井端様、下にお客様ですよ」

おすぎが顔を出し、困ったような声を出した。

「誰だ」

聞いたのは定次郎だった。

「弟とか申されて」

「進介が……」

進一郎は、はっとした。

母にも告げていないこの小料理屋の存在を、弟の進介はどうやって知ったのか、おそらく、自分の後を尾けてきたに違いない。

進一郎はぞっとした。

慌てて包んできたものをかき集めると、それを抱えて階下に下りた。

「兄さん。こんなところで何をしてるんだ」

やはり待っていたのは弟の進介だった。

階下には腰掛けと奥に衝立《ついたて》で仕切る畳の座席がある。

進介は、客の出入りに邪魔にならぬよう、店の片隅で立ったまま待っていた。

「何か用か」

進一郎は、むっとした顔で進介の側に寄った。

「母上が心配している。帰ろう」

「ふん。何を言うのかと思ったら、そんなことか」

「井端家の長男じゃないですか」

「お前がいれば、いいではないか」

「そんな訳にはいきません」

「俺にはやることがあるんだ」

「父上の、父上の思い出の品まで持ち出して、まさか兄上はお金欲しさに売ってしまったのではないでしょうね」

「ふん、お前はそれが欲しくてやってきたのか」

「昔住んでいたあの家は、まもなく余所《よそ》の人の住家となります。そういう連絡が来ましたから、母上に頼まれて残っていた物を家に取りにまいりました。兄上もご存じの通り、あの家を出るにあたっては、上からのお達しで追われるように出ております。父上の思い出の品を置いてきたのも心残りでした。それで、今朝立ち寄りましたら、その品がない。それでこちらに参ったのです」

「そんなことだろうと思ったよ。持っていけ、これだ」

進一郎は、抱えていた風呂敷包みを、進介の胸に押しつけると、自分も土間に下り、進介を引っ張って表に出ると、

「二度とここに来るな。いいな。どう生きようと俺の勝手だ。お前はお前、俺は俺だ。兄などもういないものと思ってくれ」

恐ろしい顔で言った。

「兄上……」

進介は悲しげな顔で見返すと、袂から懐紙を出し、

「兄上宛てです。桂千鶴先生からです。あの家の門扉の下に差し入れてありました」

兄の手に渡すと、進介は踵を返した。

とぼとぼと帰る進介の背を見送って、進一郎は手にあった懐紙に書きつけられた千鶴の伝言を読んだ。

「ふん」

握りつぶして放り投げると、店の中に消えた。

「おや、五郎政じゃねえか、久し振りだなあ」

五郎政が、階段を上って博打場を見渡した時、懐かしそうに声をかけてきた者

がいる。

この家の主で厳吉《げんきち》という胴元だった。

厳吉は、独り者である。

長い間船頭をしていたのだが、五十の声を聞いた時、船頭をきっぱりとやめた。

そして、こつこつ溜めた小金をはたいて、この海辺大工町《うみべだいくまち》に古い二階屋を買い求め、古道具屋を始めたが、若い時からの博打好きが高じ、胴元となった爺さんである。

厳吉は、吸っていた煙管《きせる》の頭を長火鉢の縁に、ぽーんと打ちつけると、

「まあ、茶でも一杯、飲みねえ」

ごつごつした手で手招いた。

「ごちになります」

五郎政は、ぽんと裾を割って座った。

「おや、そちら様は、お連れかい?」

厳吉は、五郎政の後ろから階段を上ってきた求馬を見て言った。

「へい。あっしの兄貴分のお方で、求馬様とおっしゃいます」

「そうかい。まっ、おめえの紹介なら大丈夫だ。じゃ、今夜は遊んでいってくれるのかい」

厳吉は、じろじろと求馬を見た。どう見ても、賭場に足を入れる人相風体ではないと見たらしい。

求馬は小さく頷くと、丁半にかけている熱気に包まれた男たちの後ろにふらりと立った。

だがその耳は、五郎政と爺さんの話に向けられていた。

それというのも五郎政は、あれから千鶴に頼まれて、一ツ目橋袂で殺された、ヤモリの又次郎の周辺を洗っていた。

五郎政もついこの間まで、賭場に入り浸りになっていたごろつきである。どこをどう探れば事件の尾っぽをつかめるか心得ている。

本所深川の賭場を巡りはじめて今日で三日目だが、早くも何者かに尾けられている、まもなく奴等の尻尾を踏んでみせやすなどと、千鶴に報告したのである。

それで千鶴が心配して、求馬に援護を求めたのであった。

一人で大丈夫だなどと大きなことを言っていたが、そもそも酔楽の厄介者となったのは、ごろつき同士の喧嘩で負けて怪我をしたからだった。

口は威勢がいいが、腕は頼りないことは先刻承知、

「おじさまを親分と呼び、わたくしを若先生と呼ぶのなら、わたくしの言うことを聞きなさい」

厳しい顔で言い、渋々納得させたのだった。

五郎政は、求馬にちらりと視線を送ると、

「親父さん、すまねえ、今日は遊びじゃねえんだ。ちょいと聞きてえことがあるんだが……」

「なんでえ。あんまりややこしい話はなしだぜ、五郎政」

「なんの、そんな話じゃないさ」

五郎政は、厳吉の耳に顔を寄せると、

「五日前の夜だ。竪川に架かる一ツ目橋の南袂、弁財天近くで、ヤモリの又次郎が殺されたのを知っているかい」

押し殺した声で聞いた。

「知っているとも」

　厳吉は、ぎろりと目を剝《む》いた。

「奴は賭場で焦げついた客の借金を取り立てて、その何割かを懐にして暮らしを立てていた男だ」

「やはりな。で、どこの賭場に雇われていたんだ。まさか、ここじゃああるめえな」

「まさか……俺が聞いた話じゃあ、深川元町の助蔵親分の賭場さね」

「へえ、御籾蔵《おもみぐら》の差し向かいの元町だな」

「おい、又次郎の何を調べてるんだ。おめえ、岡っ引でもあるめえに」

「何、知りたいのは、襲った奴等よ」

「何だと」

「武士だったらしいじゃねえか」

「止めろ、奴等のことは口に出すのも恐ろしい。おめえ、命をとられるぞ」

「上等じゃねえか、命が惜しくて……」

「しっ」

厳吉が厳しく制したかと思ったら、どやどやと若い武家三人が上がって来た。

小料理屋の笹野屋にいたあの連中だったが、中村与五郎と酒井三郎の姿はなかった。

深江定次郎が、左右に井端進一郎と近藤虎之助を従えるようにしてやって来たのであった。

「いま言った連中だ」

厳吉は五郎政の耳元に囁くと、素早く金箱の中から一両を懐紙に包み、立ち上がって、手を揉むようにして三人の武士に近づいた。

「へっへっへっ、これはどうも……」

「親父、何か困り事はないか。なんなら俺たちが力を貸すぜ」

定次郎は、口元に冷たい笑みを浮かべて言った。

「ありがとうございやす。前にもお話し致しましたが、ここに来るお客は、ほんの手慰みでして……よろしかったらどうぞ、遊んでいって下さいまし」

厳吉は卑屈な笑いを浮かべて、先ほど包んだ一両を定次郎の手に握らせた。

「ふむ」

定次郎は手の感触で、一両を確認したのか、

「いや、また来る」

両脇に従えた二人に目顔で合図を送ると、階下に下りて行った。

「奴等は、ああやって、賭場を脅して金を巻き上げている。時には親父や知り合いが、町奉行だの寺社奉行だのというものだから、皆恐れて……」

「許せねえ」

五郎政は、腕を捲って、階段をかけ下りた。

すぐに求馬が後を追った。

だが求馬は、表通りに出たところで、軒行灯《のきあんどん》のこぼれる店の薄闇に、蹲《うずくま》る五郎政を見た。

「五郎政」

駆け寄って抱き上げると、

「俺は心配ねえ。それより旦那、や、奴等を」

五郎政は、手を伸ばして一方を差した。

求馬の目に、ちらと男たちの羽織が翻《ひるがえ》って消えた。

「わかった」

求馬は、五郎政の体を放すと、男たちが消えた闇に向かって駆け出した。

四

「しかし、大事がなくて良かったではないか」

菊池求馬は、お道の手当てを受けている五郎政に言い、患者が帰ってがらんとなった診療室から外を眺めた。

五郎政は肩口を斬られていたが、傷は浅かったようである。

「旦那、肝心な時に、お役にたてなくて申し訳ございやせん」

五郎政は頭をかいた。

「求馬様のご指示で動けばこんなことにはならなかったのに、馬鹿ね。はい、終わりましたよ」

お道は、遠慮のない口を利いて、傷口をぽんと叩いた。

「あいて、お道ちゃん……」

五郎政が情けない声を上げる。

「なによ、それぐらい。昔、どうだったこうだったって、結構な口をきくせに、五郎政さんて口ばっかりなんだから」

お道は手厳しい。ぐうの音もでないような厳しいことを言われて、

「旦那、いや、兄貴、助けて下さいよ」

泣きそうな声を上げる。

「兄貴ですって……五郎政さん、求馬様になんてこと言うのですか。失礼ですよ。先生のことだって気安く若先生、なんて言って。言っときますけどね、私たちが五郎政さんと親しくしてるのは、酔楽先生のところに居候《いそうろう》してるから、仕方なくですよ」

「お道、それぐらいにしてやれ」

求馬は笑って、診療室の前の庭の薄闇に目をやった。五郎政を傷つけた輩を追いかけた一昨夜のことを思い出している。

「求馬様、お待たせしました」

その時千鶴が、調合室から白い上着を取りながら出て来て、

「お道ちゃん、求馬様にお茶をお願いします」

お道に言いつけると、

「何かわかったのですね、求馬様」

求馬に座を勧め、自身も座った。

「わかったのは一人だけだ。深江定次郎、旗本で五百石、深江頼母《たのも》の次男だ」

「旗本五百石ですか……」

「先年まで御小納戸頭取《おこなんどとうどり》を務めていたが、今は小普請組だ」

「……」

千鶴は予測していたとはいえ、やはり驚きは隠せない。

「つるんでいる者たちも、井端進一郎は別にして、いずれもれっきとした家の子弟に違いない」

「そのような人たちが、ヤモリの又次郎というごろつきを斬り殺し、五郎政さんにまで傷を負わせて……」

「奴等が賭場を脅して金を巻き上げているのはこの目で見たが、そんなことは序の口で、俺の調べでは、武士の子弟というのを笠に着て、ずいぶんなことをしているらしい」

求馬は苦々しい顔をした。

求馬だって旗本である。

しかも二百石、無役のために、台所の足しにしようと、丸薬づくりに精を出している。

貧乏な暮らしをしていても、求馬だけでなく多くの無役の武家は、武士としての道を外すことはしない。

武家の次男三男は冷や飯食いの厄介者、その精神の荒む気持ちはわからぬではないが、だからといって、町人を脅し、人を斬っていい筈がない。

深江定次郎たちがヤモリの又次郎を斬ったのも、求馬の調べでは、金欲しさの襲撃だったようだ。

定次郎たちに殺された又次郎は、相棒の豊吉と深川元町で賭場を開いている助蔵に雇われて、テラ銭の焦げついた客の取り立てをやっていた。

あの日もヤモリの又次郎は、横山町二丁目の酒屋の主から十五両の金をまきあげ、一ッ目橋まで引き上げてきたところを待ち伏せされたようである。

ただしこのことは、助蔵も豊吉も役人には話していない。

もともとが法に触れる行いをしている訳で、闇の世界で奪ったの殺したのといったって、役人に本当のことを話せる訳がない。話せば自分たちの首を絞めるようなものである。

「深江定次郎は、そこに目をつけたのだ。何をやっても、誰も自分たちを役人に突き出すことは出来ないと踏んでいるのだ。悪党だ」

求馬は、吐き捨てるように言った。

その怒りの声で、一同、しんとなった。

——進一郎の身が案じられる。

千鶴が溜め息をついたその時、

「やあやあ、お道ちゃん、お久し振り、千鶴先生いる？」

高揚した声を発しながら、亀之助が猫八を連れて廊下を渡って来た。

「おや、みんな暗い顔して、どうしました」

どすんと座って、能天気な顔で見渡した。

「浦島様、ご出世なさったそうですね。先生からお聞きしました。定町廻り補佐役ですって、おめでとうございます」

お道は、補佐役の所に力を入れて言い、愛想を述べながら茶を配る。

「知っていた？……ほんとそうなのよ。自分でもびっくり……」

亀之助は、はしゃぐ。

「それはいいけど、こんな所で油売っててもいいんですか」

お道がかつんと言った。すると、

「ところがところが、また一つ、報告したいことがあって参ったのだ。千鶴先生、菊池殿、私はこのたび、たいへんなお役を仰せつかりました。驚かないで下さいよ。私、まもなくこの江戸にご参府なさる、かのカピタン一行の警護のお役を頂いたのです」

胸を張って、千鶴を、求馬を見た。

「本当ですか。町奉行所の同心の方が警護に加わるのですか」

まず驚いたのは千鶴だった。

「はい。今までの決まりによれば、普請役二人と両町奉行所から同心各一名、合計四人が、オランダ人の逗留中、昼夜詰め切りでオランダ宿になっている長崎屋で警備にあたります」

「いつですか、御府内に入られるのは」

「これから指示を受けます。なにしろこのことは、内々のことですから……」

「御参府の日程がわかりましたら、お知らせ頂けますか」

「承知しました。千鶴先生、この仕事が無事終われば、きっと私は正式に定町廻りになりますからね。それじゃあ、私はこれで。おい猫、いくぜ」

亀之助は、肩で風を切るように、さっそうとして帰って行った。

「求馬様……」

「うむ。慣例では、カピタン一行が御府内に滞在されるのはおよそ二十日からひと月ほどと聞いておる」

「間に合えばよいのですが」

「諦めずに、俺も手伝う」

求馬は力強い声で言った。


「いりません、こんなお金は……どうせ、あの人から頂いたお金なんでしょ」

お加代《かよ》は、進一郎が差し出した二分を突き返した。

「どんな金だって、金は金だ。俺が、今まで飲み食いした代金を払うと言ってるのだ。これじゃあ足りないだろうが、取っといてくれ」

進一郎は、店の入り口近くで茶漬けを食べている町人二人に、ちらと視線を走らせながら、小さな声で言い、盆を抱えて突っ立っているお加代に突き出した。

ここは米沢町の茶飯屋で『俵屋』という店である。

飯もお菜も肴もあって、むろん酒も飲ませてくれるという、両国を行き来する様々な人々が利用しやすい店である。

この店で働いているお加代は、進一郎とは同年の娘だが、進一郎の父親が自害するまでは、お加代の母親が井端家の通いの女中として働いていたから、進一郎とは幼馴染《おさななじ》みといってよい。

そのお加代のところに、進一郎は家を出てからたびたび立ち寄り、朝となく夜となく食事を出してもらっていた。

だが、今まで一度も飲み食いの金を払ってこなかった。金がなかったからである。

それでもお加代は、進一郎の事情を踏まえて、

「今日はこんなものしかないけど、私の采配でどうにでもなるお菜ですから遠慮なくたくさん食べて……御飯もおかわりしてくださいね」

などと言い、黙って自分が、進一郎の飲み食い代を手当てしていたのである。

だがある日のこと、進一郎は定次郎たちを案内して立ち寄ったことがあった。

それからお加代は、進一郎が立ち寄るたびに、

「あんな人たちと一緒にいては駄目よ。私にはわかるの」

遠慮のない、説教じみた物言いをした。

それでもお金がない進一郎に、喜んで食事を出してくれていた。

ところが今日は二分の金を出した途端、お加代の顔が曇った。

忌《い》みものでも見るような顔をして進一郎を見返すと、二分の金を突き返してきたのである。

このお金は、汚れた金、悪いことをして手に入れた金でしょう、とお加代は言った。

「金に色がついているのか、これは汚い金で、これは綺麗な金だって……」

「変わったわね、進一郎様は……昔の進一郎様はそうじゃなかった。お父上様の

ように長崎に行って異国の人たちと交わる仕事をしてみたいって、目を輝かせていた進一郎様はどこに行ったのでしょうか」

「お加代、口が過ぎるぞ」

進一郎は、思わず大きな声を出した。

向こうの町人二人が、驚いたように顔を上げたが、進一郎がぎゅっとにらみ返すと、素知らぬ顔をつくって二人は視線を伏せたのである。

「進一郎様、あんな人たちとはもう別れて、母上様のもとにお戻り下さいませ」

「いいのだ、俺など」

「良くありません」

「俺には命を賭けてやることがある」

進一郎はつい口走って、はっとして口を噤《つぐ》んだ。

「何をなさろうとしているのですか。おっしゃって下さい」

「……」

「ほら、答えられないでしょ。弟の進介様が、たいへんなこの時に」

「何……お加代、今なんと言ったのだ」

「進介さん、昨日ここに立ち寄られて、私もそれでわかったのですが、上役のお使いで、かねてより本屋さんに頼んでいた洋書を取りに行く途中、進介さん、掏《す》摸《り》にあって代金の十両をすられたんだって」

「まことか、その話」

「まことも何も、がっくりなさって……本当は兄様の進一郎様にご相談なさりたいのに、進一郎様は大の南蛮嫌い、そうでしょ」

「だから、なんだっていうのだといっている」

進一郎は口をひんまげた。

確かに進一郎は、父の死以来、夷狄《いてき》、とりわけ南蛮嫌いとなった。

いや、嫌いどころか憎んでいる。

だから、蛮学、蛮書、すべてを拒絶し、弟の進介が天文方で通詞の勉学をすることまで非難し、

「お前は、父上を殺した蛮書にかかわって怒りを感じないのか。天文方などに行くのは止めろ」

と迫ったこともある。

ところが弟の進介は、学問への純粋な憧れを捨てなかった。

いや、父を亡くしたことで、かえって父と同じように蘭学をおさめたいと、小間使いの身分で天文方に通っている。

天文方に通えるようになったのは、父の死後身を寄せている下谷の御書院番を勤める伯父、井端作之丞の後押しがあったからだが、そうまでして蘭学に夢中になる弟に、表面上は威丈高《いたけだか》になりながらも、実はどこかで弟を応援していた進一郎である。弟への情愛を忘れたわけではない。

特に、命を張って、父の敵を討とうと考えた時から、一層弟への思いは強い。だから家に足を向けずとも、このお加代の店に立ち寄って、進介の様子を窺《うかが》っていたのである。

「俺がその金をつくってやる。お加代、進介がもう一度ここに来たら伝えてくれ。必ず金は俺がつくると、いいな」

進一郎は、表に飛び出した。

病弱の母を置いて家を捨てることが出来たのも、弟がいたならばこその話である。

弟が父の遺志をついでくれる、進一郎にはそんなひとつの拠り所が残されていた。

——その弟の窮地を救ってやらなくては兄とはいえぬ……。

進一郎は、当てもない路に、やみくもに走り出していた。

五

「先生、こちらじゃございませんか」

お道は、組屋敷の中ほどで立ち止まった。

お道は手に地図を持っている。

それと照らし合わせて、

「間違いございません。井端作之丞様のお屋敷です」

お道は言い、頷いた。

井端作之丞という人は、進作の兄で御書院番のお勤めである。

横並びに並んだ屋敷は、みな似たような作りだが、作之丞の庭には立派な五葉松が玄関脇に四方に枝を伸ばしているのが見えた。

二人は門内に入り、五葉松の側を通って玄関に立つと、女中が出てきた。

「長崎で井端様にお世話になりました桂千鶴ともうします。こちらにご家族の皆様が参っておられるとお聞きました。お目にかかりたいのですが」

千鶴が告げると、女中は俄に顔色を変え、奥に走った。

すぐにこの屋敷の主、作之丞の内儀が出てきて、

「妙殿に御用とは……長崎でのお話なら、このままお帰り下さいませ。この屋敷では長崎のことは禁句になっております」

「いいえ、長崎のお話ではございません。昨年、妙様のお体を診察したことがございました。この近くに往診に参りましたので、是非診察させて頂きたく存じます」

「困りましたね。まっ、でも、そういうことでしたら、ご案内してさしあげなさい」

内儀は女中に言った。

その時である。

激しく廊下を踏み締める音が聞こえたと思ったら、主とおぼしき初老の男が、

着流しのくつろいだ格好で顔を出した。

「あなた……」

内儀は驚いた顔をして、振り返った。

内儀があなたというからには、男はやはり作之丞だった。

骨々しく、彫りの深い顔をした人である。

「診察が済めば、即刻帰って頂きなさい」

作之丞は怖い顔をして言った。

「はい、そのように……」

妻女は、はらはらして応じている。

「まったく、この家にひきとるだけでも肩身の狭い思いをしておるというに、兄弟そろって迷惑をかけおって、疫病神《やくびょうがみ》どもめ」

作之丞はそう言うと、また荒々しい足音を立てて、奥に消えた。

嫌な予感がしたが、やはり女中が案内してくれた妙の住まいは、廊下の奥の納戸だった。

来客の目に触れないようにといえばそれまでだが、それは妙と進介のためではなくて、自分たちが被《こうむ》る迷惑を考えてのことだと、千鶴は思ったのである。

千鶴の突然の来訪に、妙は驚いて布団の上に起き上がった。

その肩は、以前診察した時よりも、ひとまわり小さくなっていた。

着古した寝間着がよれよれということもあっただろうが、ほつれた髪が触れる頬も、痩せて骨々しい。見るからに痛々しかった。

「失礼致します」

お道が後ろに回って、妙の肩に、側に畳んであった羽織をかけた。

「ありがとうございます」

妙は言い、弱々しい笑みを浮かべた。

「お脈を拝見いたします」

千鶴は妙の脈をとった。

弱々しい脈だった。

熱は微熱程度のようだが、なにしろ、生きる気力を失っているようだった。

「お食事はきちんととっていますか」

「ええ、まあ」

「このまま寝ついてしまっては、進介様もお嘆きになります。天文方の高室様からお聞きしましたが、進介様は蘭書翻訳の勉強をなさっていらっしゃるのでしょう。進介様の行く末を見守って差し上げなくては……」

「それが……進介の行く末も危ういものとなってまいりまして……」

「進介様の？」

「兄上様の話では、進一郎が帰って参りまして、お金の無心をしたと申されるのです」

「まあ……進一郎様が」

「それも五両も……」

「……」

「勝手なことをしたその上に、なんとあつかましいことを申すのかと、兄上様は叱ったようでございます……」

　すると進一郎は、弟の進介が天文方から預かった本の代金十両を、お使いの途中で何者かに掏られてしまった。その金が見つからなければ進介は天文方を追い出される。ですからせめて、半分の五両の金を貸してほしいと無心したらしい。

「兄上様は激怒されて、即刻進一郎を屋敷から追い出したようでございます。ずいぶんとお腹立ちで、この部屋に参りまして、進一郎ばかりか進介までも世間に顔向け出来ぬことをしたと申されて……」

「妙様……」

「面倒をみるのもこれが最後だと申し渡されました」

「千鶴先生、だからあんな怖い顔なさっていたんですね」

お道は、先ほど会った作之丞のことを思い出したのだった。

「この家に、お世話になったのが間違いでした。苦しくても、あの屋敷にいるべきでした」

「妙様、それなら今からでも遅くはないのではありませんか」

千鶴が聞いた。

「それが、あのお屋敷は、もうお返しすることに決まったのです」

「まあ……」

「私たちは扶持米だけですから、お屋敷が頂ける身分ではございません。いずれ、中間や六尺が住まうような、お長屋をお世話下さるのだと存じますが、今後は、苦しくてもそちらで暮らそうと思っています。こちらは兄上様と申しましても、亡くなった夫の実家、私がお世話になるのは、皆様も何かと気苦労がたえませぬゆえ……」

「……」

慰める言葉が見つからなかった。それどころかこの上に、持ってきた大事な話をしてよいものかと迷ったが、

「わたくしがこのようなことを申し上げるのは失礼なこととは存じますが、その十両、わたくしがなんとか致します。どうぞご安心下さいませ」

「それはいけません、有り難いお言葉ですが、返す当てもないお金をお借りすることはできません」

「水臭いことを……わたくしは長崎で井端様から言葉には言い尽くせないほどお世話になりました。ですから、今度だけは、わたくしに協力させて下さいませ」

「千鶴先生……」

「妙様。わたくしがお訪ねしたのは他でもありません。実は、シーボルト先生がたいへん皆様のことを心配しておられまして」

「シーボルト先生が……」

妙は驚いたようだった。

しかしやがてその表情は、釈然としない不安な色に変わっていった。

「まもなくカピタンと参府なさいます。妙様、進一郎様、進介様、皆様にお会いしたいと言ってきているのです」

「……」

妙は返事に窮していた。

「ご心配は進一郎様のことですね。私が捜してみます。御一家してシーボルト先生に会って頂きたく思います」

「千鶴殿……あの子は……あの子は、シーボルト先生を親の敵だと思っているのです」

「まさか……」

「目の前にシーボルト先生が現れれば、どんなことをするかわかりません。どうか私どものことは、息災にしていると、千鶴先生からシーボルト先生にお伝え下さいませ」

妙は、両手をついた。

空しい風が、部屋の中を吹き抜けた。

千鶴は黙って立った。

承知しましたとは、言えない。

かと言って、このまま放って置くことも出来ない。

妙の危惧《きぐ》する話が本当なら、進一郎がシーボルトの参府を知れば、何をするかわからない。

つるんでいる者たちが者たちだけに、千鶴は恐ろしくなった。

「とにかく、進一郎様に会ってみます」

千鶴はそう言うと、妙の部屋を出た。

——あっ……。

千鶴は部屋を出たところで、声を出しそうになった。

消沈した進介が立っていた。

幕府が天文台を、新堀川下流の御蔵前片町に創設したのは、天明《てんめい》二年（一七八二）のこと、それまでは神田の佐久間町にあった。

千鶴たちが上がった元鳥越町の蕎麦屋《そばや》の二階からは、その天文台が天文屋敷に聳《そび》えるように鎮座するのが、夕暮れの中にぼんやりと見えた。

進介は、夕景の中の天文台を苦しげに見て座った。

「今頃は大騒ぎになっているに違いありません。使いに出た私が、それきり帰ってないのですから」

進介は怯えた顔を上げた。

「進介様、ひとつ詳しくお聞きしたいのですが、いつ頃、何処《どこ》で、掏られたか覚えていますか」

「はい。天文屋敷を出たのが朝の五ツでした。御蔵前通りに出て浅草御門に向かいました。馬喰町一丁目あたりだったと思いますが、後ろからどんと当たって、過ぎて行った者がおります。後から考えますと、その時掏られたのではないかと……」

「身なりはどのような？」

「あれは、廻り髪結だったと……下げていた箱が、あれは廻り髪結のものだったと……」

「人相は覚えていませんか」

「はい。まさか掏摸だとは思わなかったものですから……そういえば……」

進介の脳裏に、ごめんよ……と、振り返った横顔の、一際出っ張った歯が見えた。

「出っ歯だったのですね。その髪結は」

「はい……他はなんにも覚えていないのですが、ずいぶんと歯が見事な人だと、私はその時、呑気にも思って見送りましたが……」

進介は悔しそうな顔をした。

「気がつかれたのは、後なんですね」

「はい。蘭書をお願いしている淡路屋さんの店先でした。懐に手をやって……すぐに元来た道を引き返して髪結を探しましたが、ひとところにいる訳がありません。あてもなく歩いて途方にくれて家に戻ったところを先生にお会いしたのです。ひょっとして天文方から何か知らせが母の耳に入っているのではないかという心配があったのです。母の様子を見て、天文屋敷に戻るつもりでした。でもまさか、兄上が、伯父上にお金を頼んで断られたなど、知りませんでした」

進介はそう言うと、米沢町の茶飯屋にお加代という娘がいるが、その娘に、つい お金を掏られたことを話したが、兄はそれで私のことを知ったに違いないと千鶴に言った。

「兄は、ああいう性格です。無茶をしてお金をつくってくるのではないかと心配です」

「進介様は兄上様の居場所をご存じないのですか」

「二、三心当たりはあるにはあるのですが、ひとところにいるという暮らしではありません。私はこうなったら、上役に本当のことを話し、今後少しずつでも働いて返却することを許して頂けるよう頼んでみるつもりです。今は私のことより兄のことが心配で……」

「進一郎様は、シーボルト先生を憎んでいるようですね」

「なぜ父は自害しなければならなかったのか、私たちには知らされておりません。父はシーボルト先生の警護をしていました。シーボルト先生との間に何かあったと考えるのが普通です。ですから、父を死に追いやったのはシーボルト先生なのだと、兄は確信しているのです。兄にとって父上は、この世で唯一の人でしたから」

「尊敬していらしたのでしょうね」

「それもありますが……」

進介は言いよどんで、

「兄は、父の友人が外の人に産ませた子で、父が友人に代わって生まれたばかりの兄を引き取ったのです」

「まあ……」

「兄を生んだ方は、産後の肥立《ひだ》ちが悪くてすぐに亡くなったようですから……。その後に母が井端の家に入って私が生まれたのですが、兄上にとっては、自分は貰われっ子だ、養子だということが、父の死の衝撃を大きくしているのかもしれません」

「そう……」

「父はけっして兄を養子や貰いっ子扱いしたことはございません。名を進一郎とつけたのもそういうことです。母にしても無論そうですが、そうはいっても兄は

「……」

進介は暗い顔をして言った。

千鶴は、挑戦的な光を宿した、進一郎の目を思い出していた。

妙が心を尽くして二人の子を同じ様に育てても、進一郎の胸にわだかまりが少しも生まれぬということはない。

進一郎は進一郎なりに、悩みがあった筈である。

その悩みを埋め、はるかなる夢を持たせてやっていたのが父親の進作だったとしたら、進介の言うことも頷ける。

「私の不覚でした。気が動転してしまって、ついお加代に話したことが、兄の耳に入ったのです」

「兄上様を探しましょう。ここに来るまでにお話ししましたように、カピタンが参られるのもまもなくです。猶予《ゆうよ》はありません」

「はい」

「私は、健《すこ》やかに成長されている二人のご子息と母上様とを、是非シーボルト先生にその眼で確かめてもらいたいのです」

「はい」

「それとね、お母上様には申し上げましたが、十両はわたくしがなんとか致しますから」

「千鶴先生」

進介は、後ろにするりと下がると、頭を下げた。

「いいのですよ、そんなことは……。それに、蘭書を頼んでいる本屋さんですが淡路屋さんとおっしゃいましたね」

「はい」

「淡路屋さんなら、わたくし、よく見知った方です。おかみさんはわたくしの患者さんです。ですからこれから一緒に淡路屋さんに参りましょう。それで蘭書を頂いて、あなたはすぐに天文屋敷にお帰りなさい」

「このご恩は、一生……」

進介は熱い目で見返した。

六

井端進一郎は、もう一刻以上も、藍染橋から桂治療院の門を睨んでいた。

千鶴が姿を表に見せれば、駆け寄って金の無心をしようと決めていた。

進一郎が見た限りでは、治療院を訪れた最後の患者は、町家の中年の女だった。

淡い藤色の着物を着た女だったが、その女が治療を終えて出て来てから、すでに四半刻は経つ。

——もうそろそろ往診に出てもいい頃合なのに……。

それなのに千鶴は表に姿を現さなかった。

ここに来るまでには、たかが町医者だと思っていたが、千鶴の医院はびっくりするほど立派な構えだった。

これなら、十両くらいの金はなんとでもなる筈だと、進一郎は会いたくもない千鶴に会おうと心を決めた。

会いたいという千鶴の文を一顧だにせずに投げ捨てた進一郎だったが、今は事情が違っていた。

伯父の井端作之丞は、金はびた一文貸せぬと、進一郎を追い返した。

弟の進介が掏られた金だと説明しても、伯父は首を縦には振らなかった。

それどころか、進一郎に、

「この、疫病神」

と罵《ののし》ったのである。

伯父でなければ、ぶった斬っていた。

腹が煮えるほど怒りを覚えたが、母と弟が世話になっている。それを考えると、黙ってすごすご引き下がるしかなかったのである。

進一郎は、昔屋敷に出入りしていた呉服屋や油屋など商人の店も回ってみたが、言葉は丁寧なのだが居留守を使われたりして、体よく追い返されたのである。

ある商人などは、父が健在で長崎勤めをしていた頃には『珍しい異国の品が手に入るようでしたら、是非……』などと言い、正規の貿易とは別の、おこぼれをまわしてほしくて、手をすり合わせて盆暮れの挨拶に来ていたのに、進一郎が借

金の話を持ち出すと、

「お母上様をこちらにお連れ下さいませ。よくよくお話の中身を吟味させて頂いて、話はそれからでございますな。こちらも商いでございますから」

けんもほろろの扱いだったのである。

父の自害の前と後では、こうも扱われ方が違うのかと、進一郎の怒りはおさまらない。

大人の世界も、世間の目も、父が亡くなったことで、進一郎にはようやくその正体が見えてきたように思える。

希望をもって進もうと考えていた世界は、かくも汚い世界だったのか……進一郎の憤りは、とどまるところを知らないのである。

――しかしそれもこれも、父が自害して果てたことに起因するのだ。父を自害に追いやったものが憎い。進一郎の思いはいつもそこに落ち着いた。

そういう状況の中で、会って話がしたいと手紙をくれた千鶴の存在は、時間が経つにつれ、進一郎の胸の中で大きくなっていた。

千鶴に断られたら、あとは深江定次郎しか、自分を支えてくれる人間はいないのである。

定次郎の場合、頼めば恐喝と脅しで金を得ることは出来る。

だがそれは、どこにも借りる手立てが無くなった時の手段で、出来れば他の方法で金をつくりたいと考えていた。

こもごも考えながら、せめて弟の進介だけは、かねてより望んでいた道を歩んで欲しい。

それが自身の夢でもあると改めて思うのである。

――弟を救ってやらなければ……。

進一郎は気がつくと、桂治療院の前に立っていた。

門内に入り、玄関に続く石畳を進み、おとないを入れると、中年の襷《たすき》掛《が》けの女が出てきた。

その女というのは、長年千鶴の家にいる女中のお竹であった。

「診察をお望みですか」

お竹が膝をついて進一郎に聞くと、

「いや、先生に会いたい。私は井端進一郎と申す」

「井端……まあ、あの井端進作様の」

「そうだ。先生はご在宅か」

「それが、本日は朝から往診にお出かけでございまして、夕刻にならなければ戻って参りません。お道という弟子が代診をしております」

「そうか、困ったな……」

「お待ちになりますか。それとも何かお伝え致しますか」

「急ぐのだ。しかし、困った」

進一郎の顔が急に険しくなった。

「もし私でよろしければ、お聞き致しますが」

「急に金がいることになった。拝借できぬものだろうかと……」

「では、上にあがってお待ち下さいませ。一刻ほどあれば戻って参ると存じます」

「いや、また来る」

進一郎は、踵を返すと、大股で門に向かって歩いて行った。

その時、お竹の後ろから求馬と五郎政が姿を見せた。

「菊池様……」

求馬と五郎政は急いで玄関に下りた。

「千鶴殿が帰られたら、このこと伝えてくれ」

二人は急いで、進一郎の後を追った。


求馬と五郎政が、進一郎の後を追って神田川に架かる和泉橋の上に立ったのは、川沿いに続く土手に注ぐ陽がほのかに赤く染まり始めた頃だった。

二人の視線の先では、進一郎が柳原《やなぎわら》土手を下り、土手下に広がる空き地に備えてある矢場に向かっていた。

そこには定次郎以下四人の若者が、的に向かって交互に弦を鳴らしていた。

順番を待つ者は、腰にぶらさげた瓢簞《ひょうたん》に入れた酒を飲んでいる。

飲んでは手の甲で口元を拭く、その粗野なしぐさや、的に矢が当たり、あるいは外れるたびに挙げる奇声からすると、酔っ払っているのは間違いなかった。

定次郎たちにとって弓を射るのは、武芸のためではなく、暇潰しの遊びだった。

関わればどんな因縁《いんねん》を吹っかけられるかもしれないような、異様な雰囲気が一味にはあった。

土手を散策する町人たちも、一見してこの無法な遊び人たちに近づこうとはせず、遠くからちらちら視線を送るだけで過ぎて行く。

定次郎たちは、それすら得意げに見えた。

無法を誇っているようなところがある。人々の怯えは彼らにとっては快感のようだった。

部屋住みの、次男三男の鬱屈《うつくつ》を、そんなところで晴らそうとしているかのようだった。

「来たぞ、来たぞ。おい、貴様、どこに行っていた。探していたぞ」

近づいて来た進一郎の姿を見て、定次郎が言った。

「すみません。ちょっとのっぴきならない用事ができまして」

「何を呑気なことを言っているのだ。おい、カピタン一行だが、ここ数日のうちにやって来るぞ」

「まことですか」

「ああ、親父から仕入れた話だ。間違いない」

定次郎は言い、側にいた酒井三郎に、

「おい」

と首を振った。

すぐに酒井は土手際の草むらに走ると、なにやら布に包んだ長い物をつかんできて、進一郎の胸につきつけた。

「貰っておけ、例の物だ」

「定次郎さん」

長い物をつかんだ進一郎は、はっとして顔を上げた。

手にある感触は、鉄砲だった。

「古道具屋から買ったのだ。足のつかぬよう偽名で買った」

「……」

「どうした、殺るんだろ。ゆっくり見学させて貰うぜ」

定次郎はにやりと笑った。

すると、側によってきた虎之助が言った。

「進一郎、奴等の江戸滞在は結構な日数らしいからな。問題はいつどこに出かけるかだ。俺が聞いた話では、上様に拝謁するまでは本石町三丁目の長崎屋に籠っている筈だ。拝謁が終わると、『廻勤』と呼ばれている挨拶回りに出る。これは幕府のお偉方への挨拶だ。ただしこれらには警護がついているし、多くの江戸市民たちも珍しもの見たさに人垣をつくっているから襲うのは無理だ。殺るとしたら、シーボルトがカピタンと離れてお忍びで野草の採取などに出かける時だが、それがいつなのか……それをつかむためには、奴等の動きを交替で見張らねばなるまい。定次郎さんは、それも俺たちに手伝えと言っている。定次郎さんの気持ち、忘れるんじゃねえぞ」

進一郎は、こくりと頷いた。

「ただし、お前も知っている通り、御府内で鉄砲を使うのは難しい。いざとなったら、その腰にある刀で斬りこんで突き刺すんだ。案外そっちの方が間違いなく仕留めることが出来るぞ」

「……」

進一郎は、唾を呑んで虎之助を見た。

シーボルトへの怒りに震え、覚悟していたこととはいえ、こうして次々と話が現実のものとなって来ると、緊張と恐ろしさと不安とで息苦しいほどである。

「言っておくが、お前がこれからやろうとしていることは、俺たちには関係ないことだ。万が一失敗してつかまっても、俺たちの名をばらすんじゃねえ。もしもそんなことをしてみろ。お前のおふくろと弟の命はないぞ」

進一郎は、はっとして見返した。

仲間には、母親のことも弟のことも話したことはなかった。

どこで知ったのかと思ったのだ。

「馬鹿。仲間に入れる人間の身上を俺たちが知らぬと思うか。お前の弟は天文屋敷に通っているではないか」

言ったのは与五郎だった。

「与五郎さん」

今度は与五郎に顔を向けた。

「まっ、今言ったことは覚えておけ」

与五郎はにやりと笑ってみせた。

進一郎は大きく息を吸うと、

「定次郎さん、頼みがあるのだ」

瓢箪を口にしていた定次郎に言った。

「なんだ、臆したのか」

定次郎は、口元を手の甲でぬぐうと、ぎらぎらした目で進一郎を見た。

「いいえ、そうではありません。大事の前に、どうしてもカタをつけておかなければならないことがあるんです」

進一郎は、手短に弟が本の代金十両を何者かに掏られてしまった話をした。

「つまりなにか……その十両を都合してほしい、そういうことか」

「はい」

「次々と、厄介を持ち込む奴だ」

「申し訳ありません」

「まあ、いいってことよ。しかし十両と言えば大金だ。小さな賭場を脅したって出来る額じゃあねえな」

「なんでもやります」

「本当か」

「はい」

「そうこなくっちゃな、進一郎、よしわかった、十両は工面してやる」

「ありがとうございます」

「そのかわりだ。俺の言うことも聞いてもらう」

「なんでしょうか」

「人ひとり殺ってもらうことになるかもしれぬ。覚悟しておいてくれ」

「……」

進一郎は、驚いた顔で見返した。

「嫌ならいいんだぜ。出来ないというのなら、その鉄砲はここに置いて帰るんだな。むろん、十両の金も用意出来ぬ」

「殺ります。きっと殺ります」

進一郎は口走っていた。

七

「旦那、ごらんよ。なんだか慌ただしくなってきたよ……」

めしやの女将は、昼食を終えて茶を喫している求馬に言い、自身も通りに面した格子戸に寄り添うように立ち、表のざわめきに目をやった。

求馬も、窓際の腰掛け椅子に移動して、外を覗いた。

なるほど、立場茶屋『山城屋』の前が慌ただしい。

麻上下《あさかみしも》をつけた主が、出たり入ったりして、指揮官の侍と言葉を交わしていた。

ここは品川でも外れである。

立場茶屋というのは、参勤交替の大名たちが一服する茶屋で、本陣と呼ばれる旅籠《はたご》ではない。

だが茶屋とはいえ、その家の構造は、ちゃんと偉い人が休息できるような立派なつくりになっている。

このたびのカピタン江戸参府の一行も、昨夜は神奈川宿の本陣で泊まり、今朝そこを出発して、この品川で昼食を摂り、一服したのち本石町の長崎屋に入るようである。

求馬がこの品川に着いたのは、カピタンの行列が到着する一刻も前だった。

先日、柳原土手の下で不審な行動をしていた進一郎たちを、求馬は実見しているが、それに加えて、進一郎がシーボルトを恨んでいると知った千鶴が、何か起こっては一大事と、ひそかに行列を見守ってくれないかと、求馬に頼んだからである。

本日カピタン品川に到着、の知らせは、亀之助が猫八をつかって知らせてきてくれたのであった。

亀之助たち町奉行所の同心と普請組の二人は、長崎屋で待機している。

一行が長崎屋に到着するや否や、その後の警護の責任は、亀之助たちとなる。

一行の人数は、総勢百五十人ほどと聞いている。

大名行列を模した形になっているのだ。

ただし、オランダ人は商館長のカピタンと医師、多くてあと一人のみで、他は長崎奉行配下の者たちや、江戸番大通詞、江戸番小通詞、書記や勘定方や料理人、それに将軍や幕府閣僚への献上物進物を運ぶ人足たちなどはみな日本人で構成されていた。

大名行列の場合と特に違うのは、カピタン一行は、つき従っているかにみえる役人たちに、終始監視されていたということである。

異国人が日本国内を旅行できるのは、見張られているとはいえ、江戸参府しかない。

オランダ商館の人たちも、同行したいと考えても不思議はない。

だが、異国人の人数を増やせば警備、つまり監視がおろそかになるために、江戸参府人数は二、三人ということになっていた。

今度の場合は、求馬が千鶴から聞いた話では、シーボルトは助手で薬剤師のビュルガーという人物を同伴させることに成功したと聞いているから、異人はこのたび三人ということになる。

他にもシーボルトは、自分の元で医学植物学の勉学研究をしている日本人の弟子たち数名も引き連れて来ており、この人たちは、道中の山々で丹念に雑草や薬草の採取をしながら同道しているようだった。

「浦島殿……」

求馬は行列を整理している同心の亀之助を見つけて、思わず声を出した。

十手の房もこころなしか瑞々《みずみず》しくみえるほど、頬をほてらせ、神妙な顔つきで、列を組み始めた小者や人足たちを、頷いたり、注意を与えたりして見てまわっている。あの浦島がと思うと、内心でくつくつ笑いたい気分だった。

やがてマントを着た異人が、宿の主に送られて出てきた。

帽子には綺麗な鳥の羽をつけている。

長崎の役人の口添えで、馬に乗ろうとしていたカピタンは、駕籠に乗せられた。

シーボルトと思《おぼ》しき人物は馬に乗った。

宿場の人たちや旅人たちが、異人見たさに寄ってきた。

「旦那、この前の御参府の時に、異人に近寄って物を渡そうとした人がいてさ。宿場役人に首ねっこをつかまれて、たいへんだったたんだよ。見物するのはいいいけど、言葉を交わしたり物を貰ったりやったりしてはいけないんだってね」

「うむ。そうらしいな」

求馬は言いながら、前後の人々の間に目をやった。

進一郎らしき人物は見えなかった。

「女将、ここに置くぞ」

求馬は代金をそこに置くと、表に出た。

シーボルトと思しき人物と、ちらと目が合った。

高い鼻の向こうにある、きりりとした目が印象的だった。

「これは菊池の旦那」

聞いたような声がしたと思ったら、猫八が近づいて来た。

「たいそうな供揃いだな」

「へい。長崎屋に到着すれば、屋内警護になりやすから安心なんですが、まだまだ油断は出来やせん。つい先頃、米沢町の武具屋で鉄砲を一丁求めた者がおりやして」

「何……鉄砲を……」

求馬の頭の中には、柳原土手の下で、進一郎がなにやら布に包んだ長い物を仲間から手渡された、その光景が過ぎっていった。

「火薬も求めていやす。賞翫《しょうがん》するためではない、明らかに使用するために買い求めたのです。関係ねえ話かもしれやせんが、皆ぴりぴりしておりやして」

「及ばずながら、俺も遠くから見守って参るつもりだ」

「ありがとうございやす。道中でもしものことがあったりすれば、せっかく定町廻りの補佐役に任じられた旦那の先行きも、ここでおじゃんとなりやすから……じゃ、あっしはこれで」

猫八は、そう言うと忙しそうに行列の方に走って行った。

——まさかとは思うが……。

求馬は、注意深く群衆の顔を見渡していた。


「私は川原良順《かわはらりょうじゅん》と申します。シーボルト先生の門人の一人に加えて頂き、このたび、お供をして参りました者でございます」

千鶴が、総髪の良順という蘭医の訪問を受けたのは、カピタン一行が長崎屋に到着したと聞いてから、二十日近く経った頃だった。

「カピタンご一行は本日、上様拝礼のお沙汰《さた》を頂き、みなさまお揃いでお城に上られました。その間に私がこちらに参りましたが、シーボルト先生も千鶴殿との再会を楽しみにしておられます」

良順は笑みを浮かべた。

良順の話によれば、長崎屋に到着してこのかた、上様に献上する品々の点検と整理、そして幕府の御重役たちへの進物の点検と整理、それに持ち込んだ砂糖や医薬品の数の点検と整理で多忙を極め、なかなか千鶴の医院に赴《おもむ》くことが出来なかったのだと言った。

「こちらの方こそ、本来ならば宿にお伺いしてご挨拶申し上げねばならないところを、失礼をして連絡をお待ちしておりました」

千鶴は畏まって言った。

本当のところは、一刻も早く訪ねたいと思っていたが、一方ではいまだに目鼻のついていない進一郎のことがあって、行くに行けなかったのである。

自分との再会だけなら心躍る日々を送っていたところだろうが、シーボルトの希望通り、井端の家族との面会を考えると、その話をいつ言ってくるのかと、ひやひやしながら過ごしていた千鶴である。

「いえいえ、どうぞお気遣いなく……その方がよろしかったと思いますよ」

良順は頷いて、

「シーボルト先生は、誰にも邪魔されずに、ゆっくりお会いしたいと申されておりまして……実は蘭学を学ぶ人たちや医師や、天文方の方たちばかりではなく、果てはさまざまな商人たちまで面会を申し出てきておりまして、朝から晩までたいへんご多忙でございます。それに、ここだけの話ですが、全国に先生の教えを乞う人たちはたくさんおります。その人たちが土地土地の植物や薬草を手に面会を求めて参ります。先生はそういう人たちとも、いちいちお会いしてお話をされますので、宿では本当に気の休まる間がございませぬ」

興奮した顔で言った。

良順という男、よく見ると、三十そこそこかと思える体軀のがっしりした男だが、眉が濃く、目のきらきらと輝いてみえるのが、シーボルトの側近くにいることの自負とみた。

「そこで、先に手紙でお伺いしていたことですが、上様に本日拝礼できましたので、今後のおおよその日程が組めることに相成りました。上様拝礼の後は、しばらくは幕府の御重役の方々のお屋敷を回られることになりますが、それがすめば、少しゆっくりと外出できるのではと思っています」

「……」

「いかがでしょうか。先生は植物や花に興味がおありなので、私は百花園にお連れしようかと考えています。そちらの園の茶屋で、井端様のご家族の皆様と、そして千鶴殿とご面談ということに致したいのですが……」

「百花園でございますか」

「はい。もっとも、それは江戸滞在の最後になると思います。それでいかがでしょうか」

「百花園ですね」

千鶴は念を押した。

――それまでに、なんとかしなければ……。

カピタンが入府するにあたっては、不穏な動きがあるという噂がたっていると、これは品川まで出向いてくれた求馬の言葉である。

「千鶴殿」

千鶴が沈思しているのを見て、川原良順は声をかけた。

「あっ、申し訳ございません。ひとつ気がかりなことがあるのですが、そのことを考えておりました」

「はて……」

「川原様は、井端進作様が自害された時、先生のお側にいらしたのでしょうか」

「はい……」

怪訝な顔で良順は見た。

「他でもございません。井端進作様の自害の原因です。教えていただけないでしょうか」

千鶴は改めて良順の顔を見た。

「……」

「ご存じかと思いますが、わたくし、長崎におりました時には、井端様には本当にお世話になっております。あのお方がいらしたからこそ、わたくしはシーボルト先生にご教授いただけたのです。ところが、わたくしがこちらに帰って参りまして一年もたたないうちに、井端様自害の訃報《ふほう》をご家族からお聞きしました。何故自害なさったのか、ご家族にさえわからないのです。大切な人を失ったご家族にさえ、何も知らされてないなんて、そんなことがあってよいものでしょうか……それほどの、何か大罪を犯したというのでしょうか。なにとぞ、是非、是非お聞かせ願いたく存じます」

千鶴は目を凝らして良順の表情を窺った。

良順は、じっと聞いていたが、

「ご家族に、何も知らされていなかったなどと、私は少しも知りませんでした。シーボルト先生にしたってそうでしょう。驚きました」

「何があったのか教えて下さいますね」

良順は頷いた。

「千鶴殿は、長崎奉行様が一年ごとに交替なさいますことはご存じですね」

「はい」

「あの年の、お奉行様が交替の折、井端様もいよいよお役替えということで、長崎を離れることになったのです……」

八月も下旬のことだった。

「そうそう、鳴滝塾を囲む木々の間から、いっせいに蟬の声が聞こえておりました……」

良順は、遠くを見るような目をして、千鶴に語った。

それによると、シーボルトは井端が江戸に帰って行くのを、ことのほか残念に思ったようだ。

餞別《せんべつ》に何か後々心に残るような物を渡してやりたい……シーボルトは自身の感謝の気持ちとして、いろいろと考えたあげく愛用の小さな燭台を贈った。

燭台といっても、掌に乗るほどの手燭台で、銀製の光沢のある高価なものだった。

大きな物は出立を目の前にして荷物になる。しかし、手燭台なら、手荷物の中に入れて帰れる。

手燭台の裏には『シーボルト』の名が手書きしてあった。

思いがけない品を貰った進作が、感涙にむせび泣いたのはいうまでもない。

ところが明日江戸へ出立という時に、宿舎に泥棒が入った。

蓄えていた多額の金の一部が盗まれたのは仕方がないとして、一番大切な燭台も盗まれてしまったのだ。

井端は江戸に帰る日を延期することにした。

燭台を見つけるまでは、けっして帰ることは出来ないと考えたからだ。

一月《ひとつき》、二月《ふたつき》、そして三月《みつき》、骨董品屋や質屋など、しかるべき所を回り回ってみたけれど燭台は出てこない。

失ってから三月、すっかり冬を迎えた頃に、燭台は意外なところから出てきた。

その冬、隠れキリシタンが摘発されたが、その一味の家の、キリストを祭ってある土壁の中から見つかったのである。

シーボルトに禁制の『布教』の嫌疑がかけられた一瞬だった。

燭台の裾に、十字を記した紋様がある。

布教の証拠はそれだと、役人は言っている。

井端の耳に、そんな話が入ってきた。

布教だと判断されたら、シーボルトは国に帰されるに違いない。

なにしろ、役人が出島に張りついて異人を監視しているのは、キリスト教の伝導を恐れていたからである。

異人から、十字架や聖画像や、聖遺物、あるいはキリストに関係のあるものを貰ってはいけないことになっていた。

たとえば、江戸参府の行列に加わる者たちは、上は役人の偉い人から、小者にいたるまで、全員がこういったことを遵守するよう、署名血判を押さなければ、参加することが出来なかったのである。

摘発された者たちは、シーボルト布教の疑いを否定してくれたが、役人はすべてを信用してくれた訳ではない。

「その品は私がお別れに頂いたものです。布教など関係ございませんし、その燭台にある印は、十字の印ではございません」

井端は自分が盗まれたものだと訴え出た。

しかしそれでも、シーボルトへの嫌疑が晴れない。井端の申し出はシーボルトを庇った虚偽の申し出と見なされた。どうしても話を信じて貰えないと知った井端は、思い悩んだ末に真実の証《あかし》として、非は不覚にも盗まれた自分にあるとして、自害したのであった。

長崎奉行所配下の役人の自害……これには奉行も困った。

このままでは世間に、よけいな疑惑を呼ぶだけである。苦慮した奉行は、詳細をつまびらかにはせず、ただ職務上の不手際の責めを負っての自害ということで片をつけた。

そうこうしているところに、井端の元から燭台を盗んだという泥棒が捕まって、シーボルトの身の潔白は証明されたのである。

「自分を信じて燭台を下さったシーボルト先生の身を危険にさらしてはいけない。井端様からわたくしは、そのような手紙を頂きました。シーボルト先生は後に一部始終を知り、死を賭して自分を救ってくれた井端進作の家族に会って、謝りたいし、何か力になれることがあればなりたいと申されておりました。それが今度のご家族にお目にかかる目的です」

「よくわかりました。わたくし、胸のつかえがおりました」

千鶴は言った。

幕府の、井端家への処分に対する憤りが、千鶴の内に湧いていた。

シーボルトの潔白と井端の申し出が真実だと証明されたとき、なぜ幕府は井端の名誉を回復してやろうとせず、家禄召し上げなどという非情な扱いをしたのだろうか。

恐らく幕府は燭台を盗まれたという井端の非にあくまでも拘って、煩瑣を嫌ったのだろう。

だがこれで、井端進作の死はシーボルトのせいなどではなくむしろ井端自身が選んだものであることがはっきりした。

進一郎も誤解を解いてくれるに違いない。

千鶴はそう考えていた。

八

その頃、進一郎は馬喰町の『山脇屋』という旅籠の二階にいた。

旅籠といっても、この辺りの旅籠は、遠方から公事《くじ》訴訟のためにやって来る百姓宿である。

客はみな長期滞在と決まっていて、長い人だと一年にもなる。

通常、公事訴訟以外の者を泊めてはいけないことになっているが、しかしその実態は、頼めば何も聞かずに泊めてくれる。

山脇屋は古い宿で客も少ないようだった。だから江戸者とわかる、しかもそれでいて素性も明かさないような進一郎にも、部屋を貸してくれたのであった。

進一郎は、この十日ばかり、多摩の奥地に入っていた。

昔、といっても少年の頃の話だが、米沢町の俵屋で働いているお加代の父茂助に連れられて、多摩の奥山に入ったことがある。

その時は弟の進介も一緒だった。

茂助の兄が多摩で炭を焼いていて、炭を焼かない日には、いのししやうさぎや鳥を追って猟をしていたのを、茂助が進一郎たちに直《じか》に触れさせてやりたいと思ったらしい。

進一郎たちは、その時初めて炭は焼いて出来るものだと知って驚いたし、山中を駆け巡り、いのしし猟を体験したことは、冒険心をそそられる新鮮な衝撃だった。

茂助の兄のような仕事を『またぎ』というらしかったが、その時初めて火縄銃という物に触れたのである。

人の肌のように滑らかな筒、それでいて、ずしりと両手にきた不気味な重さ、それらは恐ろしいまでの興奮を少年の胸にもたらしたのである。

だから、シーボルトを殺したいと思った時、すぐに頭に浮かんだのが鉄砲だった。

ただ、鉄砲というのは刀で斬りつけるような訳にはいかない。

刀の場合、刃が相手に当たったか否かは手にきた感触でわかる。だが、鉄砲の場合は、狙った獲物が弾を受けて倒れるのを確認して、初めて当たったのかどうかがわかる。

また、剣なら一度目が失敗しても、次の技で相手を倒せるが、鉄砲は一度で仕留められなければ次はない。

進一郎は、あの時知り合った茂助の兄を訪ねて、多摩の山に入ったのであった。

なにしろ、ずいぶんと昔の話で、茂助の兄の名や居所を聞こうにも、茂助は死んで今はおらぬ。

お加代の母親も、進一郎の父親が自害するまでは、通いの下女として井端家へきてくれていたのだが、それも昔の話となった。

茂助の兄の名も忘れたが、山でとったきじの羽をむしって、みんなできじ鍋をした山の家は、なぜか覚えていた。

小さな水の流れるほとりに、その家は建っていたように思う。

進一郎は、若葉が芽吹く木々の木洩れ日が落ちる道を、あの時の勘を頼って歩いていった。

果たして、その家はあった。

屋根も壁も、朽ち葉色になっていたが、まぎれもなく茂助の兄の家だった。

訪いを入れると、運よく白髪頭になった主がいた。

昔茂助とここに来たことのある、井端進一郎だと名乗ると、白髪頭は数で十ほど数える間、ぽかんとして記憶を手繰り寄せていたが、やがて、

「おお……」

笑みを作った。

名は民蔵《たみぞう》というらしかったが、民蔵は進一郎が何を考えてやって来たのか疑いもせず、嬉しそうに迎えてくれた。

いまやこの世にはいなくなった弟茂助の思い出話を進一郎がしたことで、民蔵は慰められたのか懐かしそうな顔をして聞いていた。

そうして、山の中を歩き回ったのは十日あまりだっただろうか、その間に民蔵は、火縄銃の扱いは教えてくれたが、山鳩一羽撃ち落とした後は、目の前をうさぎが走っても銃口を向けることはなかったのである。

――やっぱり年か、無駄足だったかな……。

進一郎は、囲炉裏《いろり》で山鳩の身が焼けるのを見つめながら、民蔵は耄碌《もうろく》したのだと思った。

だが、進一郎が焼けた山鳩を頬張っていると、

「ぼっちゃま。民蔵は年をとりました。せっかく訪ねてきて下さいましたのに、申し訳ありません。近頃では殺生をするのがつらくなりましてね。若い時には、食べるために猟をしているのだと言い聞かせて、見たものをどんどん獲っておりましたが、もうだめです。動物といえども殺せません。あっしでさえそうなのですから、世の中、なにかの理由で人を傷つけたり殺したりした人の最期は、計り知れない苦しみがございましょうな」

何を思ったか、民蔵はしみじみとそんなことを言ったのである。

――ちっ、おいぼれめ。おいぼれの癖に、俺の心中にあるものに気づいていたのか……。

無駄な日を過ごしたものだと腹立たしかった。

進一郎は、鉄砲は手に入れたものの、正直その腕には自信がなかったのである。

だから民蔵に念入りに教えて貰おうと思ったのに、それが叶わなかったのである。

いよいよ、鉄砲をつかっての襲撃は、日を追って自信がなくなってきた。

――最後に自分の命を自身で絶つというのであれば、別に鉄砲でなくてもいい、刀で斬りかかってもいいではないか。

シーボルトに近づくことが出来れば、むしろ鉄砲より刀の方が確かではないかと考えるようになっていた。

まだ少し考える時間はある。

その前に、弟の進介の一件は、うまく落着したのかと、それが案じられた。

進一郎は定次郎から十両の金を融通してもらった。そして、多摩の山に入る前に、お加代に預けていた。

その金で弟が助かったのかどうか、それだけは確かめておきたいと思っている。

多摩から帰ってきた時に、お加代のいる俵屋にまず行くという手もあるにはあったが、あの時お加代が、この店は誰かに見張られているような気がするなどと言ったものだから、多摩から帰ってきた時、進一郎は俵屋に向かわずに、まっすぐこの旅籠に入っている。

そうして、旅籠屋の女中にお加代を呼びにやらせているのだった。

障子窓に差す日の色が、だいぶん薄くなってきたような気がする。

――ずいぶん待たせるな。

ぼんやりそんなことを考えながら、ごろりと横になって右腕を枕にし、目線の先の赤茶けた壁に立てかけてある、長細い包みを見た。

その包みの中身は鉄砲だった。

その包みを見ながら、まとまらぬ考えを反芻《はんすう》しているうちに、進一郎はうとうとしてしまった。

「進一郎様」

呼び声に目を覚ますと、お加代が枕元にすわって見下ろしていた。

「ごめんなさい。お店がひけるまで出られなくて」

お加代は言い、続けて、

「私も、進一郎様に話があります」

飛び起きてあぐらをかいた進一郎に、改まった顔を向けた。

「なんだよ。それより、進介に金を渡してくれたんだろうな」

「それが……」

お加代は、半紙に包んだ十両の金を、進一郎の膝前に置いた。

「進介さんは、掏られた十両は、桂千鶴先生に都合をつけてもらったとおっしゃって……。ですからこのお金は、もういいんですって」

「断ってきたのか」

「はい」

「この金はいらぬと」

「兄上には無理をしないように伝えてほしいと……」

「生意気な」

進一郎は、包みをつかんで立ち上がった。

外に飛び出そうとする進一郎に、お加代の叫びにも似た声が飛んできた。

「私も進介さんと同じ気持ちです」

「何……」

「進一郎様はいったい、何を考えているんですか」

お加代は、壁に立てかけてある包みをつかむと、急いでその布をとった。

「これは……」

驚愕して見返したお加代の手から、鉄砲を取り上げると、

「触るんじゃない」

進一郎は鬼のような顔をしてどなっていた。

「その鉄砲で何をしようとしているんですか。それだけでも教えて下さい」

「うるさいぞ。帰れ」

「帰りません」

「何……」

「進一郎様を、お慕いしています……」

進一郎は、はっとして見返した。

「ずっと前から……ずうっと前から……」

「この俺を？……」

進一郎は、ふっと笑った。

「本当です。進一郎様のためだったら……」

「ためだったら……ほら、ほらほら、まやかしを言うんじゃない」

「まやかしなどではありません」

「証拠は……」

進一郎は刺すような目をして言った。

「証拠は……証《あかし》は、進一郎様のためだったら……死ねます」

「俺が人殺しになっても、そう言えるのか」

目は冷たいまま見据えているが、その口元には薄笑いが浮かんでいる。

お加代の気持ちを、もてあそんでいるように見えた。

「進一郎様……」

「教えてやろうか……俺はな、シーボルトを殺す」

「あっ……」

お加代は小さな声を上げた。

「それとも一人、桂千鶴を殺す」

「千鶴先生を……」

「定次郎さんがおっしゃるのには、あの女医者は人をつかって定次郎さんの身辺を調べているらしい。だから定次郎さんに頼まれたのだ。この金はその約束で貰ったのだ」

「ああ……」

お加代は、そこにしゃがみ込んだ。

「そういうことだ。俺にはもう近づくな」

進一郎はお加代を一瞥すると、鉄砲を包んだ包みを壁にもたせかけて、外に飛び出した。

お加代は、のろのろと立ち上がった。

じっと鉄砲の包みを見詰めていたが、ゆっくり近づいてつかみ上げた。

「進一郎様……」

お加代は白い顔をして呟いた。


進一郎は御蔵前橋の上に立ち、進介がつとめを終えて天文屋敷から出てくるのをじっと待っていた。もう四半刻にはなる。

橋の長さは二間、新堀川に架かっている幅一間の天文屋敷への渡し橋だが、先ほどから川面に長い影が落ちはじめていた。

進一郎は、天文屋敷にそびえる天文台を仰いだ。

天文台は小山の上に設置されていて、下から望むと、山の上に二つの板張りの小屋が建っているのが見える。

だがその小屋の一つには、簡天儀《かんてんぎ》という大きな球儀と、もうひとつの小屋には象限儀《しょうげんぎ》という器具が置かれ、天体の研究を日夜していると聞いている。

その小山と小屋と、小屋の中から覗く簡天儀の丸い輪の一部が、西日を受け、薄い茜《あかね》の色の中に輝いている。

どこか神々《こうごう》しいようなその姿を、今の進一郎は、まっすぐ顔を向けて見詰めることが出来ない。

——父親が自害しなければ、今頃俺も……。

そう思うと、歯噛みして、地団太を踏んで、虎のように咆哮したいほどである。

父の進作は、学問で別家をたてた人である。

蘭学に親しみ、大通詞になるのが望みだった。

だが、なかなか通詞の仕事は回ってはこなかった。

父は自ら長崎に赴いて奉行を助けたい旨の願いを出し、通詞とはべつの役で長崎に行くことが出来た人である。

出島に張りついて、カピタンたちの警護をせよとおおせつかったが、その実はカピタンたちの監視だと、一時江戸に戻ってきていた時に、浮かぬ顔をして話してくれたのを覚えている。

「父は通詞のお役は頂けなかったが、お前たちは、しっかり勉強をして通詞になれ。互いの意を間違いなく相手に伝え、友好をいっそう築くようつとめるのだ」

今は追い出されたあの庭で、父の進作は、一方に進一郎の手を握り締め、一方に進介の手を握り締めて言っていた。

その父の夢も、己の夢も、失せてしまった今となっては、なんとも切ない思い出だった。

――まっ、俺は道を外したが、弟の進介がいる。

父にはそれで詫びるつもりだ。

「ふっ……」

進一郎は苦笑した。

一抹の空しい風が胸の奥を吹き抜けたのだ。

再び天文屋敷の門前に目をやった時、覚えのある男の姿が目に止まった。

男は、少し太ももをすり合わせるようにして歩く。母の妙にそっくりだった。

「進介」

声をかけると、進介は驚いて立ち止まった。

「兄上……」

「お前に話がある。来てくれ」

進一郎は有無を言わさず、先に立って歩いた。

御蔵前通りに出て、鳥越橋を渡り、天王町の蕎麦屋の前で進一郎は立ち止まった。

顎で弟の進介に入れと合図すると、

「いいのですか」

進介は言った。

お金もないのに無駄使いしてもいいのかと進介は言っている。

こういう会話は、後の言葉を続けなくても、二人には理解できた。

「いいんだ。入れ」

進一郎は促した。

二人は暖簾《のれん》をくぐった。

片隅に向かい合って腰を下ろすと、進一郎は十両入った包みを、進介の前に置いた。

「十両ある。桂千鶴先生に返してくるんだ」

「もういいんです。解決できました」

「よくないよ。借りているのだろ」

「書物問屋淡路屋が千鶴先生と懇意だったのです。このたびは千鶴先生に立て替えて頂きましたが、その返済は、淡路屋が出してくれる写本の仕事で穴埋めすることに致しました。兄上にはご心労をおかけしましたが、このお金は、お借りした方にお返し下さい」

「お前は、兄を愚弄《ぐろう》するか。よその女医者の手助けは受けても、俺の手助けは必要ないと、そう言うのか」

「何をおっしゃるのですか。それより、兄上、千鶴先生が兄上を捜していたのですが、ご存じですか」

　進一郎は、どきりとしたが、

「ふん、いったい何の用だ」

「シーボルト先生が、私たち親子に会いたいと申されて」

「何……いつのことだ」

「それはまだ……期日や場所が決まりましたら、千鶴先生から連絡を頂くことになっています」

「シーボルトが俺たちに会いたいとな……」

進一郎は、険しい顔で進介を見た。

「私たちの暮らしを案じて下さっているようです」

「ふん」

「兄上、私はなぜ父上が自害したのか、千鶴先生からお聞きしました。兄上はシーボルト先生を誤解しています。その誤解を解くためにも、シーボルト先生にお会いするまでに父上が自害した真相をお話ししておきたい、千鶴先生はそう申されて」

「進介、お前はどこまでお人好しなんだ。俺はあんな女医者の言うことなんて信じないぞ。シーボルトには、お前と、母上とで会えばよい。俺は会わん。会いたくない」

「兄上……」

「しかしだ、気が変わるということもある。期日や場所が決まったら教えてくれ。俺は、馬喰町の旅籠にいる」

進一郎は立ち上がった。

「兄上」

進介が十両の金の包みを、兄の方へ押しやった。

「お前がいらぬと言うのなら、母上に渡してくれ」

「兄上、母上の望みは、兄上に帰ってきてほしいだけです。他にはございません。このような金は、きっと受けとらぬと存じます」

「何……もう一度言ってみろ」

進介の襟首をぐいとつかんだ。

ざわめいていた店の中が、一瞬水を打ったように静かになった。

「兄上……」

進介が哀しげな顔で見つめ返した。

進一郎は、突き放すようにして手を離し、金の包みを自身の袂に落とすと、くるりと背を向けて去った。

「兄上……」

進介は呆然と見送った。

九

「千鶴先生、お出かけの前に見ていただけないでしょうか」

最後の外来の患者が帰って行った七ッ下がり、自室で身支度をしている千鶴に、お道が廊下から声をかけた。

お道の横には、襷掛け前垂れ掛けの女中のお竹も、くっついて座っている。

「ああ、それね」

千鶴は、遅れ毛をかきあげると、お道を招いてそこに座った。

十間店の雛人形を見にいこうとしていたところで、めずらしく袴は着けてはいない。小花を裾の回りに散らした小袖姿だった。

「やっぱり千鶴様は、そのお姿の方が顔がようくうつります」

お竹はうっとりとして言った。

シーボルトと会うのは三日先と決まった。

場所はやはり百花園で、園の茶屋『清水』の座敷で会うことになっている。

その時のシーボルトへの御土産にと、お道の実家、呉服問屋『伊勢屋』の夫婦が、裂《きれ》の見本帳をつくってよこしたのである。

千鶴は千鶴で、シーボルトと妻のたきの間に生まれた女の子に、小さな雛人形をと思いついて出かけるところだったのである。

心底では未《いま》だ説得のできていない進一郎のことが案じられて、気が気ではないのだが、それはそれとして、師へ、心尽くしをしたいと考えていたのである。

「御覧下さいませ。両親が自ら選びまして……先生に気にいっていただけましたら、嬉しいのですが……」

お道は見本帳をぱらりと広げた。

友禅や鹿《か》の子《こ》絞《しぼり》、錦織に能装束、江戸小紋に黄八丈《きはちじよう》など、美しい裂地が説明をつけられて張られていた。

「さすがは伊勢屋さんでございますね。これだときっと、シーボルト先生も喜ばれますよ」

お竹は、またしてもうっとりとして言う。

「お道さん、あなたもわたくしの助手として行ってもらいますからね」

「本当ですか。嬉しい……ねえ、お竹さん、聞いた?……私、シーボルト先生にお目にかかれるんですよ」

お道は、歓喜の声を上げた。

「では、わたくしも、すぐに戻りますが……」

腰を上げたその時、

「た、たいへんです。先生、先生はいらっしゃいますか」

玄関に飛び込んで来た人がいる。

千鶴を先頭に、女三人揃って玄関に走った。

「どうしました……」

玄関にぜいぜい荒い息をして腰をかがめているのは、猫八だった。

「見苦しいところをすみません。大川に若い女が身投げしました。引き上げましたが息はまだありやす。そこで旦那が、旦那というのは菊池の旦那のことですが、先生を呼んできてほしいと申されやして」

「わかりました。お道ちゃん、支度を……」

慌ただしい音を廊下に響かせて、すぐに薬箱を抱えたお道とともに、千鶴は猫八の後に続いた。

猫八は、長崎屋に詰めている浦島亀之助の使いで両国を通りかかったところ、橋の西袂の石段下で、女を川から引き上げている菊池求馬に会い、千鶴を迎えにきたらしい。

猫八の話でわかったことは、それだけだったが、

「あっ……」

千鶴は、猫八が立ち止まった店の前で驚きの声を上げた。

店は俵屋で、米沢町の茶飯屋だった。

進介に聞いていた、お加代という娘が働いている店だと思った。

果たして、俵屋の店の奥で寝かされていたのは、

「この娘は、店の奉公人でお加代といいます」

部屋に案内した店のおかみが言った。

「千鶴殿、水は少し吐いたのだが、脈が弱い」

枕元には求馬が座っていたが、厳しい顔をして言った。

「お道ちゃん……」

千鶴がお道を急がせて、お加代の着物の胸を割ると、求馬は猫八と廊下に出

た。

少し離れたところから見守るつもりらしい。

千鶴は脈の打つのを確かめて、俯せにして飲んでいた水を吐かせ、気つけ薬を与えながら胸を強く何度も押さえた。

「先生……」

脈を見ていたお道が、ほっとした顔で、千鶴を呼んだ。

その間四半刻ばかり、千鶴の額にはうっすらと汗が滲んでいた。

「まずは第一の危機は過ぎました。でもまだ油断は出来ません。おかみさんは、お加代ちゃんのご家族があれば、呼んで下さい」

部屋の隅に畏まって座っているおかみに言った。

「それから猫八さん、すみませんが、天文屋敷の井端進介さんを急いで呼んできて下さい」

今度は猫八に言いつけて、廊下で待っていた求馬に頷いてみせた。

「求馬様、あれは……」

千鶴は、部屋の隅に置いてある鉄砲を目で差して言った。

「お加代は、あれを体に縄で巻きつけて入水したのです」

「……」

千鶴は絶句した。

お加代には会ったことはなかったが、お加代については、進介からいろいろと聞いていた。

お加代が兄の進一郎を慕っていることも、気立てのいい娘だということも、そして井端の家で下男をしていた茂助という人の娘だということも、進介は千鶴に話していたのである。

それだけに、千鶴は初めて会ったような気がしなかった。

千鶴が、脈をとりながらお加代の顔を見つめていると、

「この娘、何か深い訳があるようですが、ひとつ気になることがあるのです」

求馬は神妙な声で言った。

「なんでしょうか」

「俺の調べでは、カピタン一行を狙っている者がいるという噂があってな。それが只の噂ではない証拠に、鉄砲を買い求めた者がいるという武具屋の証言があっ

たのだ」

「まあ……」

「それがこの鉄砲だったのだ」

「求馬様……」

千鶴には信じられなかった。そういう不穏な動きと、お加代とが結びつかなかったのである。

「間違いない。台木に銘が入っていたのだが、それが一致するのだ。もっともお加代が、火縄挟みなど金槌で叩き潰しているようだから、もうこの鉄砲は大がかりな修理をしなければ使い物にはならぬよ」

「でも、お加代さんがなぜ……」

千鶴は、青い顔して眠っているお加代の顔を改めて見た。

その時である。

「お加代……お加代」

猫八に連れられて入って来たのは進介だった。

進介は枕元に走りよって、もう一度声をかけた。

すると、

「進介さん……進介さん」

進介の声を探して、お加代が手を伸ばしてきた。

「お加代」

その手を握った進介に、お加代は訴えるように言ったのである。

「進一郎様を止めて……」

「兄上がどうかしたのか」

「ひ、人を殺《あや》めるのは止めて下さい……」

「人を殺める……誰をだ……お加代」

「シ、シーボルト……」

「シーボルト？」

「それから……それから先生……千鶴先生」

思いがけないお加代の言葉に、一同は氷水でも被ったように、鳥肌が立った。

お加代は、うわ言を続けた。

「お願い。昔の進一郎様に戻って……誰か進一郎様を止めて……」

お加代は夢の中で叫んでいる。

「千鶴殿……」

求馬の顔色が変わった。

「お加代……」

進介は、不意の告白に驚きと狼狽を隠せない。

「進一郎様……進一郎様……」

お加代は、突然進一郎の名を呼びはじめた。

どうやら、幻覚の中をさ迷ううちに、進介を進一郎だと思ったようだ。

「お加代は死にます……お慕いしている証です……進一郎様」

うっすらと笑みさえ浮かべるお加代である。

「進介さん。兄上様はどこにいます。教えて下さい」

千鶴が言った。

「千鶴先生、しかし」

「大丈夫、話せばわかります。会わせてやりたいのです」

千鶴はきっぱりと言い、お加代を見た。命を賭けたのは進一郎への想いの強さである。

　お加代のためにも、黙って見過ごすことは出来なかったのである。

十

　千鶴たちが手を尽くして捜しても、その行方が杳《よう》としてつかめなかった進一郎が、俵屋の店にふらりと現れたのは、お加代が亡くなった翌日だった。

　進一郎は店の者から、お加代が入水して亡くなったことを知らされると、店を飛び出した。

　この間進一郎は、宿の部屋から鉄砲が無くなっているのに気づき、誰かに盗まれたのだと宿の主を詰問した。

　むろんそれで、無くなったものは鉄砲だと知れることになったのだが、ある人から預かっていた物だと主には説明した。

　そうして進一郎は、出入りした者たちの名を主にあげさせ、その一人ひとりに当たっていたのである。

　頭の隅に、もしやお加代が……という気もない訳ではなかったが、子供の頃から一度も進一郎に逆らったことのないお加代が、人の目に触れるのもはばかられるような品を勝手に持ち出すとは、到底考えられることではなかったのである。

この御府内では、鉄砲を持ってうろうろしていると知れれば、町方や岡っ引に目をつけられる。

進一郎が宿に鉄砲を置いて出た理由はそういうものだったが、今となっては、自身の油断が悔やまれる。

やがて、宿の主に不審な目で見られるようになった進一郎は、昨夕宿を出たのであった。

まさか鉄砲を無くしたと定次郎に泣きつく訳にもいかず、本所深川辺りを徘徊《はいかい》した後、昔住んでいた屋敷に向かった。

誰かがもう入居しているのかと思ったが、人の気配はない。

つい半月前まで花をつけていた桜の木は、柔らかい青葉を枝一杯に茂らせていた。

進一郎はくぐり戸に手をかけたが、動かなかった。

釘かなにかで止められていた。

もう俺の住む所ではない。はっきりと自覚させられた一瞬だった。
進一郎は踵を返した。
行く当てもなくさまよい、屋台で安い酒を飲んだ後、岡場所のとある一軒に上がった。
野宿をしようかと思ったが、意外に寒かったからである。
布団で休むことが出来ればそれでいい、そんなことを考えていた。
しかし、女の肌に触れた途端、進一郎は自身の性にあらがうことは出来なかった。
女は年増で、好みの顔でもなかったが、肌がやわらかくてあたたかい女だった。
しかし、女に導かれながら心の中で、
——お加代……。
進一郎は、お加代の名を呼んでいたのである。
なぜか、お加代に許しを乞い、俺は追われている獣なのだと、言い訳をしていた。

しかし、半刻後女から体を離し、ごろりと横になったその向こうに、行灯の灯に浮かぶ薄汚れた壁を見た時、進一郎は空しさで一杯になっていた。

垢染みた部屋のにおいも、つい先ほど気づいた隣室でもつれ合う男女の声も、進一郎の落ち込んで行く心に追い討ちをかけた。

女は、そんなことには頓着《とんちゃく》なく寝息を立てていた。

進一郎は、その寝息を聞きながら眠れぬ夜を過ごしたが、その時、鉄砲を持ち出したのはやはりお加代しかないと思いあたった。

——俺の行く末を案じてお加代は……。

旅籠で言い争った時の、お加代の言葉が思い出された。

進一郎は、お加代の気持ちは、ずっと前からわかっていた。

だからこそ、家を出て食う物にも困った時、お加代の店を頼ってきた。

お加代なら理屈抜きで、食事は出してくれると思ったからだ。

案の定だった。

お加代は、よく尽くしてくれたのである。

——それなのに俺は……。

気がつくと進一郎は、お加代が引き上げられたと聞いた、両国橋の袂の石段に座り、川の流れに心の中で手を合わせていた。

その進一郎の後ろから影が忍び寄ってきた。

ゆっくりと影は近づいて来る。

「進一郎様……」

後ろから呼んだのは千鶴の声だった。

進一郎は腰の刀に手をやると、立つと同時に振り返った。千鶴の側には一人の武家が立っていた。

「誰だ」

進一郎は身構えて言った。

「俺のことか……俺は菊池求馬という。千鶴殿とは懇意の者だ」

「ふん。一人では心細くて、用心棒でも雇ったのかと思ったぜ」

進一郎は肩をゆすって笑った。

「進一郎様、ずいぶんと捜しました。お父上様の自害のことでお話があります」

千鶴は、ゆっくりと階段をおりた。

「来るな……あんたの話は聞きたくない」

「そういうわけにはまいりません」

「進介はうまく丸め込んだつもりだろうが、俺は信じないぞ。死人に口無し……好きに話をつくっているのだろうが、そうはいくものか」

「信じられるか信じられないか、話を聞いた後で判断して下さい。わたくしは、お父上様のためにも真実をお話ししなくてはならないと思っています。そうすることが、わたくしの使命だと考えています。近くに寄るなとおっしゃるのなら、ここで立ったままお話しします」

「ふん。話したければ話せ。俺は知らぬ」

進一郎は、階段を飛ぶように大股で上った。

千鶴の脇にやってきた時、刀を抜こうとして柄に手を添えようとしたのだが、千鶴の少し上の石段に立っている求馬の、刺し貫くような厳しい眼に、ついぞ刀を抜くことは出来なかった。

一瞥して千鶴を遣り過ごし、石段を上りきって逃げようと考えた進一郎のその腕は、次の一瞬、求馬にぐいとねじ上げられていた。

「いたた、放せ」

「一緒に来るか。否だと言ったらこの腕を折るぞ」

「わかった、わかったから、放してくれ」

進一郎は情けない声を出した。

「それでいいのだ……千鶴殿」

求馬は、腕をねじ上げて進一郎を厳しく見詰め、今度は千鶴に目を転じて促した。


半刻後、進一郎は、千鶴の医院の診療室に座らされていた。

求馬が厳しい監視をする中で、あちらを向いたままの進一郎に、千鶴は長崎での父進作の働きぶりを語った。

自分との会話の中で二人の息子を自慢していた話、そして話の核心である自害について話してやった。

「自害の真相については、このたびシーボルト先生の門人で一緒に参られた川原良順様からお聞きしました。嘘いつわりはないと存じますよ。お父上様は、シーボルト先生の苦境を救われるために、すべてご自分の不注意から出たことだと申されて自害なさったのです。シーボルト先生は、あなたが考えているようなお方ではございません」

千鶴は話し終わると、改めて進一郎の顔をみた。険しい表情をつくっていた目の色も、頬の強張りも、心なしか柔らかくなったように思われた。

しかし、進一郎の心をすべて氷解させたわけではなかった。

「門人の言うことなんて信用できるか」

進一郎は醒めた口調で言った。

「そうでしょうか。シーボルト先生と、あなたのお父上様が、強い絆で結ばれていたからこそ、このたびもご家族にお会いしたいと申されているのです。そのシーボルト先生に明日お目にかかれるというのに……明日ですよ、明日百花園でお昼に茶屋の清水で待っていて下さるんです」

「ふん。会いたければ母と弟が会えばいいのだ。俺はもう、井端家には無用の人間だ」

「進一郎様……」

「俺に出来ることは……できることは」

「人殺しと恐喝か」

　側から求馬が言った。

「うるさい。お前に何がわかる」

「馬鹿なお前の話などわかりようもないがな。一つだけ教えてやろうか。奉行所は深江定次郎の悪行には気づいているぞ」

「……」

「お前も知っている一ッ目橋で企てた強盗だが、一人逃げ失せた男がいたろう。豊吉というらしいが、その男が南町奉行所に訴えている」

「……」

「いいか。今度賭場荒らしにしろなんにしろ悪事に走れば、即刻捕縛されることになる」

「嘘だ」

「確かな話だ。千鶴殿はそれもあって、お前を必死になって捜していたのだ。ところがお前ときたら、親の敵と言ってはシーボルト先生を狙い、あまつさえこの千鶴殿の命をとろうとした。罪は重いぞ」

「うそっぱちだ」

「いや、本当だな。先ほど石段のところでみせた千鶴殿への殺気はほんものだった。お加代の言ったことは本当だったのだ」

「お加代だと……」

「そうだ、お加代はな、あの鉄砲を体にくりつけて入水したのだ」

「……」

進一郎の顔に衝撃が走った。

「水から引き上げられてしばらくの間、ここにいる千鶴殿のお陰で息を吹き返していたのだが、死ぬまぎわまでお前が悪に走るのを案じ、うわごとを言っていたぞ」

「……」

「進一郎様、お加代さんはね、最期に、あなたをお慕いしていますと、駆けつけた進介さんの手をとって言ったのですよ。進介さんをあなただと思って……そんなお加代さんの気持ち、わかってあげなくてどうするのですか」

「お加代……」

　進一郎は、思わず呟いた。

　そこへ五郎政が、誰かを引きずるようにして入って来た。

「五郎政さん」

「若先生、この男です。この男が進介さんから十両の金を盗ったんです。おい、そうだな」

　五郎政はひきずって来た男の尻を蹴り上げた。

「あいたたたた」

　出っ歯の男が悲鳴を上げた。

「あっしは若先生から、掏摸の野郎は髪結の格好をしていて、出っ歯だとお聞きしやしたが、その時から、おやっと思ったんでさ。こいつは髪結なんかじゃねえ。出っ歯の勘次ってけちな野郎で……あっしも聞いたことがあったんです。それでめぼしいところを張り込んでいたら、この通りです」

「お金は、どうしました」

「どうか、本当のことを言いますから、お許し下さいませ」

「若先生。この勘次は、進介さんを狙ったのは、人に頼まれたからだというんですぜ」

「誰にです」

きっと見た千鶴に、勘次はおそるおそる言った。

「深江定次郎様とおっしゃるお方です」

「いまなんと言いました。深江定次郎と言いましたね」

「へい。なんでも兄さんにいうことを聞かせるためには弟を困らせてやるに限ると……」

千鶴は呆気にとられて、求馬を見た。

求馬が言った。

「十両の金は、お前が懐に入れたのか」

「いえ、そのつもりでしたが、深江様に脅されて一両だけ、あっしのものに……」

勘次がいい終わるや否や、進一郎が飛び出した。

「進一郎様……」

千鶴は玄関まで追っかけた。

だが進一郎はもう、門の外に走り出ていた。

十一

隅田川は、ことのほか輝いて見えた。

せせらぎの音が聞こえた。

それに、ひばりの声も遠くで聞こえる。

千鶴は、隅田川沿いにある白鬚神社の前に立った時、懐かしい恩師と会うには、このうえない風景だと思った。

千鶴は弟子のお道を連れている。また、用心棒がわりに求馬もついて来てくれた。

めざす百花園というのは、この白鬚神社の後方、畑に囲まれた土地に三千余坪の屋敷跡にある、春夏秋冬のさまざまな花の咲く園である。

シーボルトが訪れるということで、警護が厳しいかと思ったが、そうでもなかった。

白鬚神社から百花園に向かう土手道には、誰も警護の者はいなかった。

ただ、園の入り口である板屋根の木戸門のところには、同心一人と岡っ引一人が、怪しい者が通行しないか監視していた。

近づくと、なんとその二人は、亀之助と猫八だった。

「千鶴先生……やっぱり今日シーボルト先生がお忍びで会われるというのは、千鶴先生でしたか」

嬉しそうな声を上げた。

自分のよく知っている人が、シーボルトから特別の知遇を受けていると知り、得意げであった。

「わたくし、ここで進一郎様を待ってみます。お道ちゃんは先にお入りなさい」

千鶴は一人でやって来るはずの進一郎を案じていた。

いや、来るかどうかさえもわからず不安だった。

ここに来るまでに、祈るような気持ちで来ている。

千鶴は、どうしても、シーボルトに進一郎を引き合わせたかった。

「千鶴殿。俺がここにいる。姿を見た時には、きっと連れて入る」

求馬が言った。

「ではお願いいたします」

千鶴はお道と中に入った。

梅も桜も花どきはすぎて、あちらこちらに桃の花が見え、藤の花のつぼみが見えた。小道の両端に植わっているつつじも咲き始めている。

草花はなおさらのこと、さまざまな花が咲いていた。

茶屋の清水は、園内の少し高くなっている場所に、茅葺《かやぶ》きの屋根が見えた。

その屋根に向かって歩いていくと、茶屋の前から川原良順が走ってきた。

「千鶴殿。まもなく対面ですが、井端家のご長男がまだ……」

良順の顔に戸惑いが見えた。良順の戸惑いの眼が指し示す先に、妙と進介がいた。

二人の顔には不安と焦燥が見える。

「もう少しお待ち下さいませ。いえ、時刻になればしかたありません。妙様と進介様だけで会って頂きます」

千鶴はそう言ったものの、期待を捨てたわけではない。きっと来るはずだと思っていた。だが、やはり時刻になっても進一郎の姿はなかった。

「本当に、どこまでも御心配をおかけして……」

妙は弱々しい体を折った。今にもその場にうずくまってしまいそうな、蒼白な顔をしている。歩くことも叶わず、進介につき添われて妙は駕籠で来ていた。

どこまでこの母親を悲しませるつもりなのか、そんな思いが千鶴の胸を突き上げた時、

「兄上」

進介が声を上げた。

入り口から続く小道の向こうから、進一郎が求馬に連れられて歩いて来る。

「妙様……」

千鶴は嬉しかった。

まもなく、茶屋の庭がのぞめる一室で、椅子に座ったシーボルトと、千鶴と井端一家が対面した。

通詞は良順がつとめた。

簡単な挨拶ののち、シーボルトが一通の手紙を出した。

それを良順が受けとって、妙に渡した。

「これは、井端様からシーボルト先生に宛てた遺言です。蘭語で書かれておりますが、私が日本語で訳しております。それがこれです。突き合わせて御覧下さい」

「ありがとうございます」

妙は受けとると、訳したものは自身が読み、蘭語のものは息子たちに手渡した。

千鶴は妙の横から読んだ。

手紙にはシーボルトへのお詫びと、子供たちへの思い、家族への愛が綴られ、二人の息子のことを縁があればよろしく頼みたいと書いてあった。

「オスクイデキナクテゴメンナサイ」

シーボルトがかたことの日本語で言った。青い瞳に悲しみが漂っている。嘘のない、慈悲に満ちた表情だった。

妙は、目頭を押さえていた。

だが進一郎は、自分にはかかわりのないような顔をして、父の遺言を進介の肩越しに見ていたのである。

「先生は、皆さんにお目にかかれて、ほっとしたと申しております」

良順が言った時、

「リョウ」

シーボルトが良順を呼んだ。

そして立ち上がって、懐から帳面のようなものを出し、進一郎の前に膝をついた。

すると良順が言った。

「これは、進作殿が日々記帳してこられた、蘭語、それから阿蘭陀の風俗、習慣などをこと細かに書いたものです。この世にひとつしかない貴重なものですが、これを進一郎殿に渡してほしいとシーボルト先生に託されたものです……お父上の形見の品です」

「ドウゾ」

シーボルトが直に進一郎の手に渡した。

進一郎は頭を下げて膝の上に置いたが、開いてみようとはしなかった。ところがシーボルトたちの目は、帳面を開いて確かめてくれるだろうという期待にあふれているのに、進一郎には喜びの感情すらみえない。

進介が業を煮やして兄の膝から取り上げて捲った。

千鶴も側から覗いて見る。

記録は見たこと、知ったこと、覚えたことを書き連ねる忘備録でもあり、日記でもあった。

長崎の暮らしがいきいきと書かれていたが、その中の随所に『ヤゴ』という言葉が書き連ねてあった。

『ヤゴに見せたし……』

『あのヤゴなら、なんといわん』

『ヤゴに似たる面差し……』

「兄上、御覧下さい」

進介は、進一郎の手に帳面を渡した。

さすがに多くの視線に耐えきれなくなったのか、進一郎は、突き返すことも出来ず、のろのろと帳面を捲った。

「ヤゴというのは、誰のことです。随所にこの名が書いてありますが……」

良順が小さな声で進介に聞いた。

「兄のことです」

進介は言った。

トンボが好きだった兄弟を連れて、父の進作はよくトンボ取りに行った。

一匹の鬼ヤンマが飛んでいるのを見た時、進作は言ったのである。

「見てみろ、見事だな、立派な成虫だ。だが、ああなる前には、ヤゴと呼ばれる幼虫だった。お前たちもまだヤゴだな」

するとすかさず進一郎が言った。

「父上、進一郎はただのヤゴではありません、あの鬼ヤンマのような立派なトンボになるのです」

「おおそうか……その意気だ」

それから父の進作は、からかい半分に、ことあるごとに進一郎をヤゴと呼んでいたのである。

ヤゴの愛称は、遠い日の、谷川べりの草地での父子三人の思い出であり、進一郎へのなによりの愛情の証だったのである。

進一郎は捲っていくうちに、食い入るように見詰めている。

その目にやがて涙が溢れて、

「父上……」

進一郎は両手で、父の形見を強く強く握り締めていた。

シーボルトが近づいて、進一郎のその手をぎゅっと握った。


「じゃ、千鶴殿……」

良順は、晴れやかな顔で頭を下げた。

カピタンの行列が長崎に向かったのは翌日のことだった。

千鶴は長崎屋の前で多くの群衆と、その行列を見送った。

酔楽の話では、ほとぼりが冷めれば、井端の家禄は元に戻されるだろうということだった。

千鶴もそれを信じたい。

「ひと月かけて長崎か……たいへんだな」

振り返ると、求馬が立っていた。

その求馬が、目顔で向こうの群衆を差した。

千鶴はなにげなく目を向けたが、

「あっ……」

カピタン一行のうしろから旅姿の武士が行く。

進一郎だった。

進一郎は立ち止まって振り返ると、千鶴の方に頭を下げた。

「進一郎様……」

千鶴が頷くと、進一郎はにこっと笑って、一行を足早に追いかけて行った。

「求馬様」

「一件落着だな……千鶴殿、深江は評定所にかけられるらしいぞ」

求馬は言い、遠ざかるカピタン一行に目を遣った。

第二話　残り香

一

「先生……親分……」

五郎政は、豪快に鼾《いびき》をかきはじめた酔楽の耳元で、囁《ささや》くように呼びかけた。

囁くといったって五郎政のことである。声を落として会話をするなどという躾《しつけ》はこの歳まで受けた記憶がないから、囁かれた方は『うわん』と突然頭中に響く音を聞いてびっくりする。

「うっ」

酔楽もご多分に漏れず飛び起きた。酔っ払って筵《むしろ》に大の字になり、菅笠《すげがさ》を顔にかぶせて眠っていたから、飛び起きたものの何がなんだかわからない。

しかし、地震でも火事でもなく千鶴が来たのでもないと知ると、

「五郎政、なぜお前はも少し静かにものが言えないのだ」

自分の鼾は知らないから、五郎政の行儀の悪さをしかりつけた。

近くで静かに耳をすませている風流人に恥ずかしいと思ったらしい。

「親分……親分の鼾がひどいから」

五郎政は咎《とが》めるように言った。

それもその筈、あたりは緑もあざやかな根岸の高台である。

梅も桜もとっくに花が散り青葉になっているが、まだあちらこちらには桃の花などがけぶるように見えているし、なんといってもこの時期は、花見の季節から鳥の声を聴く季節となっていた。

酔楽も五郎政を連れ、この根岸の台地に鳥の声を観賞するためにやってきていたのである。

ところが言わずもがなだが、酔楽は大きな瓢簞《ひょうたん》に酒を詰め、それを五郎政に持たせてやってきた。

それも、今日昼近くになって突然思いついてのことで、むろん往診もほったらかしにして、先程まで酒を飲んでいた。

確かに、上野の山かげや、あるいはこの台地のまわりの木々の陰から、鶯《うぐいす》やほととぎすの鳴く声が聞こえて来たが、

「ふむ……いいもんだな、五郎政」

などと一人ごちて、どんどん飲む。

とうとう鳥の声に張り合って、鼾をかきはじめたというところだったのだ。

「もう帰りますか」

年寄りに逆らったってしょうがない。五郎政はそう決めて、酔楽に聞いた。すると、

「何を言うか。まだ日は高い。いいか、お前をここに連れてきてやったのは、お前もな、一人前の人間になるためには、風流のひとつも身につけなければならぬ。それで連れてきた」

「へい。それは何度もお聞きしやした」

「何を言うか。いま初めて説明してやっている」

酔楽は、鼾をかく前に何度も話していたのだが、忘れたらしい。

「そもそもだ……」

「へい。ここの鶯は、江戸広しといえども、一番の美しい声で鳴く。そうですね」

「そうだ」

酔楽は、なぜお前が知っているのだという顔をした。

五郎政は、酔楽から聞いた通りに復唱した。

「そもそも江戸の鶯というものは、なまりがある。それに濁声《だみごえ》だ。だけどもこの根岸の里の鶯は、京からやってきた鶯だ」

「そうだよ。お前、よく知ってるじゃないか」

「へい。ここに京の鶯をとりよせて放したのは、元禄のはじめ、谷中の法住寺の門主様」

「えらい……お前がそれほど風流人だったとはな。五郎政、お前はひょっとして、ひょっとするような家の生まれではないのか」

「ひょっとすればそうかも……あっしは小作人の倅《せがれ》でござんすが、やくざ稼業を経て、ただいまは大先生の弟子でございやすからね。こんなありがてえ話はねえですよ。あっしがお医者の弟子なんですから、ひょっとしてまさあ」

「生まれは小作人とな……すると、そんな風流な話はどこで身につけた」

「たった今、親分から」

「何、わしに」

きょとんとして五郎政を見た目が、突然点になった。

五郎政の後ろに人の気配がした。

五郎政の後ろはさらになだらかな雑木の林が続く坂になっていて、酔楽が目を止めた人たちは、その坂を下ってきたのである。

五郎政が酔楽の視線を追って振り返ると、そこには若くて美しい女が一人、そして取り巻きの旦那衆が三人、てんでに茣蓙《ござ》や綺麗な塗りの重箱などを手にしてこちらを見ていた。

どうやら一行は、坂の上で鳥の声を聞いていたらしい。

驚いたのは、その美しい女と酔楽が、はっとしたように互いを見つめ合ったからである。

それはほんの一瞬だったが、五郎政が驚いたのは酔楽の変わり様だった。

先程まで、うだらうだらと寝言を言っていたのに、ぴんと背筋を伸ばしたかと思ったら、女を見つめる目には哀切の色が漂っている。

女は女で、驚いた様子で酔楽の側に走りよると、

「その節はありがとうございました」

膝を下ろして深々と頭を下げた。

色白で、目鼻の置き具合に不足はなく、ぽってりとした唇が女の美貌や艶やかさを際立たせていた。

「おなつか……」

酔楽は懐かしそうに言った。

「はい……本日はお客様をご案内させていただいておりますので、これで失礼致します」

おなつという女は丁寧な物言いで言い、立ち上がった。

「お客……」

酔楽は後方で待っている男たちに視線を走らせながら聞いた。不快な表情がち

らと覗いた。

声が震えていると五郎政は思った。

「吾妻橋の袂《たもと》にある花川戸の小料理屋で働いております」

おなつは笑みを湛えてそう言うと、踵《きびす》を返した。だが、すぐにはっとして立ち止まると、また引き返して来て言った。

「丸山というお店でございます」

小さな声だが、誘うような目が酔楽を覗きこんでいる。

「丸山……」

酔楽は魂を抜かれたような顔をして、引き返して行くおなつという女の後ろ姿を見送ったが、

「五郎政、俺たちも引き上げるぞ」

むくりと膝を起こしたのであった。

――まったく、どうなっちまったんだ……。

五郎政は、小料理屋『丸山』の小座敷の前の庭に忍び入ると、丸く剪定《せんてい》された

つつじの木の陰に腰を落として一人ごちた。

「お前は帰れ、ついてくるんじゃない」

根岸の高台を降りた時、五郎政は酔楽から邪魔だと言わんばかりに追い払われたが、そんなことにめげる五郎政じゃない。

今や酔楽に恩も義理も感じ、それに尊敬もしているから、どんな事があっても、身を挺してでも酔楽を守るのは自分のお務めだと思っている。

だから五郎政はいったん酔楽の家に足を向けたが、すぐに引き返して酔楽の後を尾けてきた。

おなつという女に出会った時の、酔楽の動揺ぶりが尋常ではなかったからだ。

今まで五郎政が見たこともないような、酔楽の浮き足立った態度、いや、女っ気のない酔楽の暮らしでは、それは無理からぬことかも知れないが、五郎政の直感で、おなつという女の笑みが怪しげに映ったのである。

——親分はおなつがつとめる丸山という店に向かうつもりだ。

五郎政はそう思った。

案の定だった。

酔楽はいそいそと、おなつの後を追い、丸山に入った。

しばらくして七ツの鐘を聞いてからでも、もう半刻は座敷で待たされている。

七ツの鐘を聞いた。

酔楽は手酌で酒を飲んでいるが、もはや時間を持て余しているようだ。

好き放題に暮らし、我慢も辛抱もできない酔楽がと思うと、五郎政はあきれた思いで、庭からじっと見つめていた。

一方の酔楽はというと、まさか五郎政が庭先に忍んでいるとは露ほども気づいていない。

さすがにこう長い間待たされては、急いでこの丸山に上がらずとも良かったのではないかと、手にある盃の酒を飲み干すと、俄《にわか》に庭に落ち始めた陽の陰りに目をやった。

先程まで鮮やかな緑をみせていた前栽《せんざい》が、急に力を失ったように見える。

酔楽はここに来たことを後悔し始めていた。

元気なおなつを見たのだ。それでいいではないかと考え始めていた。

「四年前……そうだ、もうあれから四年になるのだ」

酔楽は感慨深く心の中で呟いた。

――四年もの月日が流れたというのに……。

今日おなつに再会したあの瞬間に、酔楽はおなつの白いうなじから立ち上ぼる甘い香りを思い出して、胸が疼《うず》いた。

それは、背徳の色を帯びた禁断の香りだった。

あの時、そう四年前、おなつは、夫から弊履《へいり》のごとく置き去りにされ、しかも喘息《ぜんそく》の女の子を抱えて途方にくれていた。

それを知った酔楽は、医者として手を尽くしたのだが、女の子は死んだ。

子供の死を受け止められなくて、おなつは泣き崩れた。

そのおなつの背に、酔楽はそっと手をかけたのである。

「もう、あんな男とは別れるべきだ」

痛々しいおなつの震える背に言った。

「別れます。私、目が覚めました」

おなつは言い、

「先生、わたくし、先生が励ましてくださったから頑張れました。先生が側にいて下さったから……」

おなつは酔楽の胸に飛び込んで来た。

迷いながらも、その背に酔楽はもう一方の手をかけた。

着物の上からでも、看病と暮らしに疲れたおなつの背は、痩せて骨々しかった。

「先生……」

おなつは酔楽の顔を仰いで、弱々しく呼んだ。

その唇が、ぽってりとして酔楽を求めているように見えた。

——いかん……。

眩暈《めまい》を起こしそうになった酔楽は、

「しっかりしなさい。いつでも困った時には力になるぞ……」

体を静かに離そうとしたのだが、おなつはぴたりと酔楽の胸にしがみついて離れない。

「おなつ……」

もう一度離そうと両腕に手をかけた時、

「先生……」

おなつは、哀しげな声を上げて、酔楽の胸に顔を埋めた。

「お慕いしていました……私、先生を……」

おなつは大胆な言葉を吐いた。

酔楽とおなつとは、親子程も歳が違った。

耳を疑うような言葉を聞いた酔楽は、しかしこのような光景をどこかで求めていたようにも思え、おなつの切ない眼に吸い寄せられるように抱き締めていた。

──抱き締めるだけだ。

頭のどこかで、そんな言い訳をしていた。

だが次の瞬間には、骨々しいと思っていたおなつの体が、しっとりと酔楽の両掌に心地好い柔らかさを伝えて来ているのを覚えていた。

その肌の下に、おなつの心が息づいているのを感じていた。

酔楽は、さらに強くおなつを抱き締めた。

「ああ……」

おなつは酔楽に抱かれながら、ぽろりと涙をこぼしたのである。

いかに心の中に酔楽への思慕があったとしても、我が子の葬儀を終えたその夜に、体をぶつけるようにして悲しみに耐えるなど、おなつが哀れだった。

酔楽は、ついに抗し切れずにおなつを押し倒していた。

背徳の香りに包まれながら、それがゆえに二人はさ迷い、見失うまいと互いを求めていったのである。

だが数日後、おなつは酔楽の前から黙って姿を消した。

――そういうことだったのだ。つまりは年老いた男との交わりは、あれで終わりにしたい……おなつはそう言いたかったのだ。

酔楽は、暮れていく侘《わび》しい庭を見詰めながら、自分はなんておめでたい人間なのかと苦笑していた。

自分がおなつを懐かしいと思い、おなつもまた同じ事を考えているなどと勘違いし、いや、独り善がりをしてここに押しかけて来たことを恥ずかしく思った。

酔楽は立ち上がった。

こういうのを、老人の醜態と言うのではないか。

そう気づくと、たいした事もない人生を歩んできた者とはいえ、これ以上待たされては男の沽券《こけん》に関わると思った。

——暮れぬうちにこの店を出よう。

酔楽が廊下に出たその時、

「お待たせを致しまして、申し訳ございません」

おなつが盆の上にかわりの銚子を乗せて、急ぎ足でやって来た。

「どうぞ中へ……私、今日はもう女将さんからお暇を頂きました」

おなつは明るい声で言った。

酔楽は、今さっきまで考えていたことは、自分の思い違いだったのかとたちまち全身が緩むのを感じた。

差し向かいに座ると、おなつは恥じらいをみせて俯いた。

二人っきりで向かい合ってみると、四年前のあのひとときが脳裏を過ぎる。

おなつは、あの時に比べると肉もつき、なまめかしくなったと酔楽は思った。

改めておなつの体を眺め、この女の胸の白さや腰のくびれを知っているのは、自分だけのような錯覚に襲われていた。

「元気でなによりだった」

酔楽は言った。

「はい。なんとかこうして頑張って参りました。先生のご恩は忘れたことはありません」

「いやいや、医者としてするべきことをしたまでだ。それはそうと、前の亭主とは別れたのかね」

「ええ……」

「ふむ。で……こちらの店ではいつから働いているのだ」

「一年になります。こちらのお店に落ち着くまでには、お針子をしておりましたが、それでは暮らし向きに余裕がございません。子供の将来のこともございますし」

「何、子供がいるのか」

「はい……」

「誰かと所帯を持ったのか」

「いいえ……」

おなつは、困った顔をして俯いた。

「所帯も持っていないのに、子がいるとは、どういうことだね」

酔楽は、問い詰める言葉になっていた。

「あの……子供は、あなた様のお子です」

おなつは、俯いたまま、小さな声で言った。

不意打ちを喰って酔楽は言葉を失ったが、

「何っ……まことか……まことわしの子が……」

おそるおそる念を押すように聞いた。

「申し訳ございません」

「何を言うか、それが本当ならどれほど嬉しいか。なぜ、なぜ知らせてくれなかった」

「……」

「子はどこにいるのだ」

「長屋の親しい人に、私がここにいる間、見てもらっています」

「なんとな……」

酔楽は膝を打った。すぐにでも会いたい見てみたいのに、この場にいないのが残念だった。

「男か女か」

せっつくように聞く。

「男の子です」

「おお、男か……して、名は？」

「龍太といいます」

「りょうた……どんな字だ」

「龍に太いと書きます」

「龍太か、いい名だ。会わせてくれ、おなつ……」

酔楽は優しく包み込むような声音で言った。

もはや天にものぼる気持ちである。

「すみません。実はわたくし、一度だけでも父親に会わせてやりたいと存じまして、使いを長屋にやりまして」

「何、まことか」

「はい。まもなくこちらに参ります」

と言ったその時、廊下にかわいらしい足音が近づいて来た。

「かかさま……」

「龍太」

おなつは廊下に出ると、手を広げて走ってきたけし坊主の男の子を抱き留めた。

「龍太、ごあいさつは……」

おなつは、龍太の体を酔楽に向けた。

龍太は目のすずやかな子供だった。

おなつにむりやり挨拶を強要されて、困って指をくわえたまま、酔楽をじっと見る。

「いいんだ、いいんだ。挨拶などいい。龍太だな」

酔楽の声は、潤んでいた。

龍太は、怪訝な顔をしながらも、こくんと頷いた。

「だっこしてやるぞ、おいで」

酔楽が相好を崩して手を伸ばすと、龍太はひとさらいにでも出くわしたように、大きな声で泣き出した。

「よいよい、もうよい」

酔楽は笑って手をひっこめると、気恥ずかしそうに頭をかいた。

――見ちゃあいられねえや。

五郎政はすっかり骨を抜きとられて、くらげのようになっている主人をあっけにとられて見詰めていた。

二

「へえ。お道さんはご実家ですか」

おとくは腹這いになり、お竹に腰を湿布してもらいながら、他の患者の腕に包帯を巻いている千鶴に言った。

「ええ。ご両親からお使いがあったものですから」

「縁談の話ですかね」

「さあ」

「年頃の娘さんですから、伊勢屋さんだっていつまでも嫁にやらないという訳に

もいかないでしょう。大店《おおだな》のお嬢様なんですからね、お道ちゃんは……いてて

て、お竹さん、そこが一番痛むんです」

おとくは腰に手を回して、痛む箇所を押さえると、顔を歪《ゆが》めた。

「お産婆さんをしていた時の無理がたたったのね」

お竹は、しみじみ言った。

「亭主の働きが悪かったからね。どうしてこんな亭主と一緒になったんだろうって恨みごとも言いましたが、まっ、一人でいるよりはよかったかなって」

「そういうものかもしれませんね、私などにはよくわからないことですが、お相手はいないよりいる方がよろしいですもの」

お竹が言った。

「お竹さん、お竹さんだってまだまだ、間に合いますよ」

「あら嫌だ。もうおばあちゃんですよ」

「そんなことがあるもんですか……そうだ、酔楽先生はどうかしらね。お似合いなんじゃないかしらね」

「おとくさん、冗談おっしゃらないで下さいまし」

お竹は即座に否定したが、まんざらでもない顔で、ふふっと笑った。

「決まった。千鶴先生、どう思われます？」

仲人好きのおとくは、さっそく起き上がって千鶴に聞いた。

千鶴が返事をするのを待たずして、おとくは続ける。

「先生もご存じの通り、あたしはここに寄せて頂く前には、酔楽先生のところに通っていたでしょ。お前みたいな賑やかな婆さんはうるさくてしょうがない。こっちに来るより千鶴の方が近いんだからって、千鶴先生を紹介してくだすったんですけどね。酔楽先生は飲んだくれでどうしようもない人だけど、優しいところがあるんだから。ああいう人は、かえってお内儀を大切にするんだから……でね、千鶴先生は先生でですね」

「おとくさん。腰は本当に痛いんですか」

起き上がってべらべらしゃべりだしたおとくの口を、千鶴は封じた。

「おや、そういえばすっかり……」

おとくは賑やかに笑って立ち上がると、二、三度腰をくいっくいっと振って確かめると、いそいそと帰って行った。

するとそこに、思案顔の五郎政が顔を出した。

「若先生、親分のことでちょいとお話があるんですが……」

「何ですか、あらたまって」

「へい。困ったことになりやして」

五郎政は、もう一人の患者が帰って行くのを見届けてから、

「若先生は、親分に昔いい人がいたってご存じですかい」

突然耳を疑うようなことを聞いてきた。

「おじさまにいい人……」

千鶴は、お竹と顔を見合わせてくすりと笑った。

「やっぱりご存じないようでございやすね」

「五郎政さん。おじさまが何をおっしゃったのか知りませんが、本気にしてはいけませんよ」

千鶴が言うと、

「そうですよ、あのお方は、寝ても起きてもお酒がなくては生きていられない。それだけが楽しみなお人なんですからね」

お竹も辺りを整頓しながら笑い飛ばす。

「ところが、現れたんでございやすよ、若い女の人が……それもですよ。男のお子を連れて」

「まさか、その子がおじさまの、なんていうのではないでしょうね」

「そのまさかでございやすよ」

「えっ」

千鶴はぽかんとして、二の句が継げなかった。

五郎政は、呆気にとられて口も利けなくなった二人に、数日前に起こった話を告げた。

「それ以来、急にやる気が出たらしく親分は酒を控え、根岸の主要な路のあちこちに『治療院　酔楽』の看板を立て、患者を増やそうと躍起でございやして、近頃では朝から晩まで医者稼業に専念しておりやす」

「それで……その女の方は……一緒に住んでいるのですか」

「いえ、それはまだですが、いずれそうなるのではないでしょうか」

「まったく、わたくしにも何も言わないなんて、水臭いじゃありませんか」

千鶴が怒る。

「それもそうですし、いい歳をして……」

お竹は、ぷんと怒った顔をして台所の方に消えてしまった。

「五郎政さん。でもここに相談にやってきたのには、何か訳があるのでしょ」

千鶴は怒ってみたものの、五郎政の浮かぬ顔を見て言った。

「へい。あっしはどうもね、女の人はおなつと申しやすが、旦那が騙されているような気がしてならねえんでございやすよ」

「……」

「おなつさんの子は龍太というのですが、目鼻立ちのどこをとっても親分に似ているところがねえ」

「でもおじさまは、ご自分のお子だと」

「もう見ていられやせん。親ばかちゃんりんとは、あの事です」

「……」

「そりゃあ、本当にですよ、親分のお子ならよろしいのですが、もしも違った時には落胆も大きい。生きる気力を失って、ぼけるか死ぬか……そんな事になりはしねえかとね。でもあっしが、そんな話を口に出した日にゃあ、どんな目に遭うかしれやせん。あっしもあっしなりにいろいろと調べてみようと考えているのですが、若先生、若先生もどうか、お力添え下さいまし」

五郎政は消沈して肩を落とした。

「わかりました。おじさまのお子ならば、これほどめでたいことはございませんが、五郎政さんのおっしゃる通りならたいへんなことになりますもの……」

千鶴は五郎政の心配に同調した。

酔楽は豪放磊落《ごうほうらいらく》、悠然としてはいるが、反面、歳に似合わぬ純情者で寂しがりやである。

――おじさまの落胆は見たくない……。

千鶴はそう思ったのであった。

「いや、そんな話は初めて聞いたが……はて」

千鶴の話を聞いた求馬も首をかしげた。

「求馬様もご存じないのなら、おじさまはきっと、誰にも話せないほど真剣で……」

千鶴は呟いたが、自分にも黙って子までなした人がいたとは、裏切られたような気分である。

千鶴は酔楽をずっと父親のように思ってきたし、酔楽も娘のように思ってくれていた筈なのに……こたびの話だって五郎政などからではなく、酔楽から直接聞きたかったものだと思う。

千鶴は大きな溜め息をつき、橋の上に目を遣った。

二人はいま、両国橋西袂の茶屋にいた。

外は陽気に包まれて、両国橋を往来する人々のなんと晴れやかなことか――。

――それにひきかえ……。

「求馬様、それでおじさまの家を昨日覗いてみたのですが……」

千鶴は浮かぬ顔をして求馬に目を戻した。

「その顔を見ると、どうやら五郎政の心配は、当たっていたようだな」

「ええ……」

千鶴が根岸の家を覗いたのは、往診の帰りだったから七ツ過ぎだったと思うが、柴垣の外に立った時、裏庭の一角に酔楽と若い女の人と、三歳ほどの幼子の姿が見えた。

思わず千鶴は身を低くした。するとぴよぴよとひよこの鳴き声がするではないか。

そっと顔だけ柴垣から出して覗くと、ひよこは草の上を歩き回り、

「待て……待て」

そのひよこを、男児が両手を広げて追っかけている。

驚いたのは、その幼子の姿を、酔楽と女の人が、ほほ笑み合って見守っているのだった。

その姿は明らかに、愛しい子を見守る父と母だった。

酔楽の表情には微塵《みじん》も疑いはない。側にいるおなつという女性を妻と認め、幼子をわが子と認めている顔つきだった。

――わたくしがとやかくいう問題ではない。おじさまがお幸せならそれでよいではないか。

千鶴はその姿を見ただけで、気勢をそがれて引き返して来た。

「ただ……」

千鶴はそこまで話すと、求馬を見返した。

「ただ……おじさまの家を出てまもなく、五郎政さんと会いました。五郎政さんはお使いに出されていたようなんですが、気になることを言ったのです」

「ほう……」

求馬は急かすような目を向けてきた。

「おじさまが人が変わったように診療に精を出すようになったのは、おなつさんのために百両ものお金が必要になったからだと言うのです」

「何、百両といえば大金じゃないか。いったい、何のための金なのか聞いているのか」

「一緒になるためのお金だと、おじさまは言ったそうです」

「ふーむ……すると、これから暮らすための金というより、緊急を要する金だな」

「ええ、おそらく……」

千鶴は話しているうちに不安になった。

「わかった。俺も一度酔楽先生を訪ねてみよう。女の、千鶴殿では聞きにくいことでも俺なら聞ける」

「申し訳ありません。こんなお話、他には頼めません。おじさまと長い間懇意にして下さっている求馬様なら、おじさまも腹を割って話してくれるんじゃないかと思いまして」

「承知した」

二人はそれで外に出た。

千鶴は小伝馬町の牢屋に呼ばれていたし、求馬は本屋に行くというので連れ立って通油町を西に向かった。

浜町堀にさしかかった時である。この堀にそって通油町は東西に分断されているのだが、ここに緑橋という通りを結ぶ橋が架かっている。

その緑橋の西袂の下が騒がしい。橋の上からも身を乗り出して下方を眺めている人もいて、千鶴も求馬も足を早めながら橋下を見た。

なんと、そこには小者が数人忙《せわ》しなく動いていて、それを指揮する同心の姿があった。

「浦島殿ではないか」

求馬が声を上げた。

千鶴の目はもう一人の同心、新見彦四郎《にいみひこしろう》の姿を捕らえていた。

新見は千鶴の父、桂東湖の死にかかわる事件で尽力してくれた人である。

三十過ぎだが独り者で、ずいぶんと頭の切れる人だという記憶が千鶴にはある。

「どざえもんだな」

足を急がせながら求馬が言った。

千鶴にも引き上げられているのが若い男で、着物ははだけ、裸同然の哀れな姿だというのは、遠目にもわかった。

千鶴は急いで、橋の西袂から河岸に降りた。求馬もついて来た。

千鶴は、小伝馬町の女牢の医者としてつとめているが、実は両町奉行所の検死のお役目も頂いていた。

一般に検死は与力の仕事だが、医者の見立てが必要な時、千鶴は呼ばれて死因を調べるのであった。

ただし、どれもこれもという訳ではない。難しい事件に限ってのことであるが、目の前でどざえもんが上がり、町方が出張ってきているのに、知らん顔をして通り過ぎることもできない。

「これは千鶴先生」

千鶴が求馬と河岸に走り下りると、浦島の側にいた猫八が気づいて声を上げた。

「どうしました」

千鶴は戸板の上に寝かされている男の側に屈んでざっと足から頭のてっぺんまで見た。

男は若い町人だったが、切り傷刺し傷らしきものは見当たらなかった。

「先生、自害ですかね」

猫八が聞いてきた。

「いえ、殺しですね」

千鶴は、腹や胸を強く押さえながら言った。

「水を飲んではいないでしょ。これは殺された後で堀に放り込まれたのだと思いますよ」

「殺しですか」

猫八は怪訝な顔を千鶴に向けた。

「見て下さい。ここのところに、僅かですが指の跡が残っています」

千鶴は男の首にある微かな跡を指して言った。

「殺しに手慣れた者の仕業です。これは、窒息死させた跡です。殺しておいて、人通りの絶えた深夜か、あるいは夜の明ける前に投げ込んだものと思われます」

千鶴は立ち上がると、浦島と新見を交互に見て言った。

「さすがは東湖先生のご息女ですな。この者は証拠隠しに殺《や》られたのだと見ておりました」

新見が言った。

「証拠隠しとは？」

「ええ、恐喝を生業《なりわい》にして食ってる連中がいるのですが、それも札差《ふださし》ばかりを狙ってまして、その連中の使いっぱしりをしていたのがこの男だったんです。吉《きち》と呼ばれていましたが、しばらく泳がせていたのです。連中が次に動いた時に、現場を押さえてお縄にするつもりでした」

「なあに、新見殿、こいつに代わる人間を捜せばいい。私にお任せ下さいませ」

浦島が事もなげに言う。

新見は苦笑して、浦島殿は私の補佐として今後一緒に探索にあたることになったと言い、

「いや、死因をご指摘頂いて大いに助かりました。して、千鶴殿はどちらに参られるのですか」

側にいる求馬をちらと見て言った。

「私はこれから小伝馬町です」

「それはご苦労様です。お手を煩わせましてすみません。一度、東湖先生のお位牌に線香をあげさせて頂きたいと思っていました」

新見はほほ笑んで言い、だがすぐに厳しい顔で小者たちに命じた。

「急げ、いったん番屋まで運んでくれ」

三

「何だと……頭が痛くて、腰も痛いだと？……どれどれ」

酔楽は、中年の男の背中を順々に押し、

「ここは痛いか」

「へい」

「ここは？」

「いてててて……先生、背中に鉄の板張ったように痛いんです。腕も痛くて……もうおしまいなんでございやしょうか」

「はっはっはっ、体の使い過ぎだ。働きすぎだ」

酔楽は、くるりと男の体を回して、今度は胃を押さえた。

「うう……」

「ふむ。胃もやられておるわい」

「先生……」

「案ずるな。こっちは酒の飲み過ぎだ。お前、こうして向かいあっていると、酒の匂いがぷんぷんするぞ。いい歳だ。酒を控えろ」

「へい」

「薬を出しておくから、それを飲め」

「ありがとうございます」

「おい、求馬。この男に胃の薬と、貼り薬を渡してやってくれ」

酔楽は、隣の部屋で薬を調合している求馬に言った。

求馬は酔楽の様子をうかがいにやってきたのだが、家には患者があふれていて、それどころではなくなっていた。

酔楽の助手よろしく手伝わされているのであった。

それというのも、求馬は酔楽には一朝《いっちょう》には返せない借りがあった。

旗本とはいえ求馬は無役である。収入は家禄の二百石のみで、暮らしはけっして楽ではなかった。

例えばの話だが、二百石の旗本の収入は、大雑把に四公六民で計算すると、一石のうち四斗にしかならない訳だから、実質入るのは八百斗である。

これを俵に詰めると一俵が四斗として二百俵、つまり二百石の家禄のみの無役の旗本なら、蔵米取りの御家人二百俵と変わらない暮らしであった。

ところが旗本は御家人とは家格が違う。

旗本としての武士の格と体面を保つためには、家来も置かねばならないが、これでは一人として雇えない。

いや、家来どころか家族の暮らしさえたいへんなのだ。

そこで求馬は酔楽に教えを乞い、丸薬を作って生薬屋《きぐすりや》に卸している。

この代金が結構な額になっているから、菊池家の暮らしはなんとか成り立っているのであった。

酔楽も今は医者はしているが旗本の三男坊だった人で、同じ台所の苦しい旗本として、求馬に手を差しのべてくれているのである。

手伝えと言われれば断ることなど出来なかったし、酔楽が多忙を極めている状況を目の当たりにすれば、知らぬ顔が出来る筈もない。

根岸のあちらこちらに酔楽は医者の看板を上げているが、それが功を奏したのか、患者は休む間もなく押し寄せているのであった。

驚くのは、いつもは真っ昼間から酒をあおっていた酔楽が、喜々として診察していることだった。

こんな表情は見たことがなかった。

求馬もただただ感心するばかりである。

最後の患者が帰ったのは、八ツ半ごろ、そこでようやく昼飯を食べた。

昼飯といっても、五郎政が握ってあった握り飯に、冷めた味噌汁を温めたものだ。

この食事の折に、求馬はそれとなく例の話を聞いてみようかと思ったのだが、酔楽の機嫌がすこぶる悪い。

様子を窺いながら世間話をして食事を終えたところに、五郎政が帰って来た。

「遅くなりやした。ただいま戻りやした」

五郎政は、風呂敷包みを抱えたままで、まずは腰を落として酔楽に詫びた。

「馬鹿者！」

酔楽は、五郎政の姿を見るなり怒鳴りつけた。

先程から機嫌が悪かったのは、五郎政がいなかったからだと、求馬はようやくわかったのである。

「この忙しい時に、包帯ひとつ買いに出かけてこのザマはなんだ。どこに行っていた。求馬がやって来たから良かったものの、勝手なことは許さんぞ」

「すみません。つまらぬことで手間取りやして」

「今日が初めてではない。このところずっとそうだったな、五郎政。わしに文句でもありそうな不服面をしおって。お前そんなにこの家を離れたいのなら、今日かぎりで出ていけ」

「親分、それだけはご勘弁下さいやし。この通りでございやす」

五郎政は平伏した。

「うるさいわい」

酔楽は、側にあった湯のみを五郎政目がけて投げつけた。

ごんっという鈍い音がして、五郎政の額が割れた。

じわりと血が滲んでくる。

「先生、おやめ下さい。いったいどうされたのですか。先生らしくもない」

求馬が止めに入った。

「お前は黙っておれ」

「そうはいきません。今日は千鶴殿に頼まれて、先生の様子を見に参ったのですから」

「何、千鶴が……」

酔楽は、ひやりとした顔をした。

「はい。五郎政には私からよく言い聞かせますから、今日のところは……」

求馬は、じいっと見た。

酔楽は、ぷいと視線を逸らすと、立ち上がって、

「勝手にしろ」

瓢箪徳利を手につかみあげると、足音を立て、茶の間を出て行った。

「兄貴、すみません」

五郎政は手をついた。

「五郎政、辛いだろうが辛抱してくれ」

求馬は立って行って五郎政の側に腰を落とすと、懐から懐紙を出して五郎政の前に差し出した。

「すみません」

五郎政は受け取ると、額を押さえた。

「いずれ、お前の忠義はわかる筈だ」

「へい……旦那、あっしは親分から受けたご恩は、どんなことがあっても忘れやしません」

「うむ」

「あっしはねえ旦那、鎌倉街道沿いの山口岡でとれた次男坊でござんすよ。山口岡と申しやしても知らぬ人が多い山の中でござんす。米はできねえ土地柄で、豆と麦が少し、あとは桑を植えて蚕を飼うか、山の木を切って薪にして町に売りに行くか、暮らし向きはどこの家も貧しいところでございやす。口べらしのために十五でこの江戸に参りやしたが、知った者一人としていねえ。結局博打でその日暮らしをするしかねえ。世の中を恨んで生きてきやした。そんな時に親分に拾って頂いたんでございやすよ。あっしにとっては親よりも恩あるお方だ。親分のためなら命だって欲しくねえ。ですからどうぞ、ご安心を……」

「五郎政……」

「旦那……いやさ兄貴。あっしはここに来て、親分にも、兄貴にも、若先生にも、一人の人間としておつきあい頂いて嬉しいんでござんすよ。ああ、あっしは虫けらじゃなかったんだ、ヤケ起こして死なずによかったってね、そう思っているんでございやす」

五郎政はそう言うと、ちいんと鼻をかんだのである。

「五郎政、先生を頼むぞ」

「へい」

「まずは先に腹を満たせ。買い物にかこつけて、食事もとらずに調べていたのだろ」

「へい」

「先に食べろ。話はそれからだ」

求馬は、優しい目をして言った。

「何かわかったのでございますね、求馬様」

千鶴は、燭台の前で求馬と向き合って座った。

父とも慕う酔楽を案じる千鶴である。

酔楽の老後の人生を左右しかねない女の身もとともなれば、調べはおろそかにはできない。

「さて千鶴殿、今から話すことは五郎政の調べで判った事だが、おなつという人の住まいは、今は諏訪町にある諏訪神社のそばの裏店《うらだな》らしいな」

「はい。小料理屋の丸山に通いで勤めているようですから」

「だが、一年前までは浅草の阿部川町の長屋に住んでいたということだ」

「阿部川ですか。ずっと阿部川だったのでしょうか」

「いや、それだが……」

求馬は神妙な顔をして話し始めた。

五郎政の調べによれば、おなつが阿部川にいたのは二年ほどで、酔楽と知り合った頃ではない。

そこで五郎政は、さらにそれ以前に住んでいたという、下谷の御数寄屋町の長屋をつき止めた。

御数寄屋町の長屋は古い長屋で、大吉長屋と呼ばれていた。

この長屋に住むと縁起がいいということらしいが、軒が壊れていたり、溝板《どぶいた》が腐って溝の臭いが立ち上っていたりして、どう見ても運を拾えるような長屋ではなかった。

大家は表店に古着屋を開いている金兵衛《きんべえ》という初老の男だった。

ただこの金兵衛、五郎政がおなつのことを尋ねると、顔色を変え、五郎政を足の先から頭のてっぺんまでじろじろと見た。不審な人物でも見るような目つきである。

「何をお知りになりたいのですかな。そもそもいったい、お前さんは、おなつさんとはどんな関係のお人ですか」

難しい顔を作って言うその態度は、いかにもわざとらしい。

どうやら五郎政を、まともな人間ではないと見たようだった。

「いや、他でもねえ。おなつさんの事を気にかけてるお方がおりやして、その後、どうしているのかと気になさるものですからね……」

五郎政は、一分金を大家の掌に置いた。

大家は陽にかざすようにして摘み上げ、一分金に間違いないと確かめると、

「ふむ……」

勿体ぶって懐の財布に、すとんと落とし込んだ。

顔を上げた時には、先程とはうって変わった愛想のいい顔になっていた。

「なんですかな、お前さんは、おなつさんのお客だったのですかな」

「お客……何のことだ」

「おや、ご存じなかったのですか……あたしもね、まさかとは思いましたよ。おなつさんが暮らしのためにお客をとってたなんてね」

体を寄せて来て、内緒話をするように言う。

「ちょいと待った。そりゃあ誰の話だい」

「だから、おなつさんですよ」

「おなつさんが、この長屋で客をとっていたのかい」

「まさか、この長屋ではそんなことはできませんよ。周りの人の目もありますし、私だって気がつけば黙ってはいられません。それに、ご亭主も、時々帰ってきていましたからね」

「ご亭主とは……亡くなった女の子の父親ですかい」

「よくご存じで」

「亭主の名は……」

「柿田《かきた》粂次郎《くめじろう》様とおっしゃいました。ご本人はご両親のことについてはなんにもおっしゃいませんでしたがね、粂次郎様は、旗本柿田民右衛門《たみえもん》様のご次男ではないかという者がおりまして」

じろりと見上げる。

「ふうん。するとおなつさんというのも、武家の出かな」

「いや、おなつさんというのは、その柿田のお屋敷に女中奉公していたお人のようですよ」

「……」

「つまり、こういうことですな。二人は柿田家の屋敷を家出同然で出て来て、この長屋に入ったのです。これも人伝《ひとづて》に聞いた話です」

「金兵衛さん、ちょいと待ってくれ。それじゃあ何かい、今言ったことは全部噂話なのか」

「いえいえ、噂といっても、柿田様のお屋敷に出入りしていた者から聞いていますし、話は戻りますが、おなつさんがお客をとっていた、つまり春をひさいでいた話は、これは私の知り合いが実際に客になったと言っておりますから、間違いございません」

金兵衛という大家は、きっぱりと言ったのである。

「そういう事だ……」

求馬はそこまで話すと、苦い顔をして千鶴を見た。

「おじさまは、そのような話をご存じだったのでしょうか……つまり、おなつさんがそんな事をしていたということです」

「さあ……」

「それが本当なら、あの男の子は、おじさまのお子ではないかもしれないではありませんか」

「酔楽先生のお子かどうか、一番よくわかっているのは、母であるおなつさんだけだな」

「……」

「千鶴殿、真実は一つだ。俺だって黙って見ているわけにはいかぬ」

「ええ」

「まっ、もうしばらく待ってくれ。あの子が、先生のお子であるのかどうか、きっと突き止める」

「ええ」

千鶴は相槌を打ちながら、お竹の落胆ぶりを思い出していた。

お竹は何かにつけて、酔楽に心配りを続けてきた。酔楽を身近な人として長い間接してきた。

それが突然、なんの予告もなしに、子まで成した女子がいたなどと聞かされては、驚くに決まっている。

喜ばしい話に違いないのだが、一方で自分は無視されたのだという寂しい気持ちが生まれるのも、また事実である。

お竹はいま、拍子抜けしたような顔をして過ごしている。

一人おいてけぼりを食らったようなお竹だが、それでも千鶴に、

「千鶴先生、本当におなつさんという人のお子が、真実酔楽先生のお子だとわかったその時には、お祝いしてさしあげなくては……」

そんな気配りも忘れてはいない。

酔楽の問題は、酔楽一人の問題ではないのである。

「厄介なことにならなければよいのですが……」

千鶴は太い溜め息をつき、求馬を見返した。

四

その店は、不忍池《しのばずのいけ》に面した茅町の横丁にあった。

表通りから少し入った場所に『絵草子　巴屋』の箱看板を出している、間口一間半程の古い店だった。

軒先には役者絵、名所絵、花鳥など様々吊してあるのだが、どれも色褪せていて、客はたまさか迷い込んで来て覗くぐらいで、どう見ても寂《さび》れた感じのする店だった。

求馬が、この巴屋には、もう一つの別の顔があると知ったのは、昨日のことだった。

先に五郎政が調べた下谷の御数寄屋町の大家金兵衛から、おなつと枕を共にしたという男の名を聞き出したのは良かったが、その先が少々手間どった。

巴屋で遊んだ男は、金兵衛とは商売仲間の古着屋で、柳原土手に店を出している浜之助《はまのすけ》という人物だったが、女房に知れたら離縁されるなどと泣き言を言い、なかなかしゃべってはくれなかったからである。

「話してくれなければ、内儀にバラすぞ」

最後には脅しのような言葉を吐いて、ようやく教えて貰ったのが、いま目の前に暖簾《のれん》の代わりに絵草子をつり下げている巴屋だった。

一見《いちげん》の客は用心のために応じてくれないと浜之助から聞いた求馬は、浜之助に紹介文を書いてもらって、懐に入れて来ている。

「ごめん」

求馬は襟を正すと、つり下げてある絵草子を分けて店に入った。

「いらっしゃいませ。何をご所望ですか」

出てきたのは中年の太った女だった。

化粧っけもなく、地味な着物を着た女で、名はおとしというらしい。

亡くなった亭主は、絵草子ばかりではなく、読み本も一緒に背中に担って、下谷の武家屋敷などに出入りしていたらしいのだが、おとしの代になってから、そんな手間のかかる商いをするよりも、てっとり早く金にしたいと思ったものか、女を斡旋することを思いついたということらしい。

らしいというのは、浜之助がそう話していたからである。

それも世話をするのは玄人《くろうと》の女ではない。ほとんどが人妻で、一見して春をひさいでいるようには見えない、貞淑そうな女ばかりであった。

だからお客が来ると、おとしは好みを聞いて後、あらかじめ約定《やくじょう》を交わしている女たちに使いを立てた。

女が来るまでは、酒を味わいながら待って貰うのだが、肴は近辺で仕入れてきた煮売りのもので、さしてどうという品ではない。その品にも割高な値をつけて、結構な収入になっているという。

やって来る女たちは、ちょっと遠出して買い物でもするような格好で家を出て来るのである。

だから女の住まいも、あまり遠くては呼び出したくても呼び出せない。遠からず近からず、そして女たちの住まいもひとところではなく、互いに顔をあわすことのない所々から選んでいた。

一方、客は女を斡旋して欲しければ、

「枕絵を貰いたい」

と申し込むのであった。

枕絵を欲しいという言葉は、この店で女を世話してほしいという隠語だったのである。

「古着屋の浜之助の知り合いだ」

求馬は懐から、浜之助の紹介文を出しておとしに手渡した。

おとしは紹介文に目を走らせると、求馬を見上げた。

求馬が頷くと、

「どうぞ……」

と上にあげ、求馬の脱いだ草履を紙に包んで、それを持ったまま階段下の小部屋に案内した。

草履の始末までするのは、けっして人の目に触れぬようにという配慮があって、おとしの用心深さが窺えた。

この一階の小部屋で酒を頼み、好みの女を頼むのだと浜之助から聞いている。

「浜の旦那からお聞きと存じますが、ご所望は……うちは人妻が多ございますがね」

どうするかね……というような顔をおとしは向けて来た。

「女将、ここでは女を花の名で呼んでいるらしいな」

「ええ、素人の人ばかりですからね。本当の名がわかると困るでしょ」

「俺はあやめという女に会いたいのだが……」

「あやめ……」

女将は驚いた顔をして聞き返すと、

「お武家様、からかっていらっしゃるのですか。あやめなどという女はおりませんよ。もっとも昔、ほんのいっときの間、いるにはいましたが……いったい浜の旦那から何をお聞きになっていらっしゃったのでしょうか」

訝しい目をして言った。明らかに求馬を警戒している。

「すまぬ。実を言うと俺はあやめとここで呼ばれていた女のことを調べているのだ」

「旦那、帰って頂きましょうか。私はどなたにも女の素性をあかさないという約束の上で来てもらっているのです。その約束を私が破ってしまったら、この商売は成り立ちません」

「けっして悪いようにはしない」

「お断り致します。私はね、千金ここに積まれたってそんな話には乗りません。たとえお奉行所にひったてられてもです」

「女将……」

「旦那、巴屋のおとしを見くびらないで下さいましよ。男はね、命が欲しい、金が欲しいと、約束を反古《ほご》にして自分の助かる道をその時々で選ぶのでしょうが、女は違いますよ。女は、一度こうと決めたら、どんな事があっても守りますから」

　今にも裾を捲りそうな勢いであった。

「ふむ。見上げたものだな、女将……」

「はばかりさま」

「ここに来ている女を守ろうとするその心根は気に入った。しかしだ。ここに来ていたことを逆手にとって、女が相対した男から金を巻き上げようとしていると聞いたらどうだ」

「そんな馬鹿な……まさか、浜の旦那が……そういうことではないでしょうね」

「女将は覚えているかどうか、年寄りの医者だ」

「お医者……」

おとしは小首を傾げて、記憶を確かめ直しているようだった。

「育てている幼子は、その年寄り医者の子だと言ってきたのだ、その女子は……」

「……」

おとしは、はっとして求馬を見返したが、口を開こうとはしなかった。求馬は続けた。

「真実そうならば仕方がないが、違っているのなら騙されていることになる」

「……」

「女将……」

「……」

おとしは苦しげな顔をして見つめていたが、やはり口を開くつもりはないらしい。

「そうか、それでも話せぬとな。わかった、無理は言うまい。ただ、その医者というのが私の恩人でな、黙って見ている訳にはいかないのだ。それでここに来た。どうだ女将、せめて、ここにいたあやめという女が、確かにおなつという女であったかどうか、それだけ教えてくれ」

じっと見た。

「……」

おとしは大きな溜め息をひとつつくと、こくんと頷いた。

「恩に切る」

求馬は一礼すると、かねてより用意してきた金一分を包んだ懐紙を置いて外に出た。

巴屋で女を抱けば安くて一両は出さねばならぬと聞いている。

一分は求馬にとっては大金だったが、意を曲げて頷いてくれた女将への謝礼だった。

その頃酔楽は五郎政を連れ、小料理屋丸山の小座敷に上がっていた。

小座敷の窓を開けると、隅田川の流れが大路の向こうに見える。

その向こう対岸の家並みにはまだ日暮れ前の残光が残っていたが、手前の河岸には夕闇が迫っていた。

そこには猪牙舟が接岸されていて、波にたゆたう舟が醸《かも》し出す音が、五郎政たちの部屋まで聞こえてきそうである。

猪牙舟は吉原に繰り出すお客のためのものなのだが、小料理屋丸山を含め近隣の料理屋や船宿が、屋号の文字を船体に入れた舟を競うように並べていた。

五郎政は窓を閉めて、部屋の片隅に控えて座った。

酔楽は酒は注文したが、肴は筍《たけのこ》の味噌和えを頼んだだけで、盃を片手におなつを待っているのである。

近頃の酔楽は、一心に稼ぐが、暮らし向きは随分と質素になっていた。

金をためることに腐心しており、以前は勘定したこともないその日の稼ぎを、文銭まで丁寧に数えるのであった。

年寄りが大切な金を念を入れて数えているようで、見ている五郎政の方が胸が詰まった。

「まっ、お前も飲め」

酔楽は、五郎政を手招いて、自ら盃をとって勧めた。

「へい、いただきやす」

五郎政は、膝行《しっこう》すると嬉しそうに手を出した。

今日は酔楽は機嫌が良い。いや、ついこの間までは、ずっとこうして二人で穏やかに暮らしてきたのである。

しかし、おなつの出現で根岸の家の暮らしも随分変わった。

五郎政は酔楽に内緒で、用事にかこつけて求馬や千鶴と連絡をとりながら、おなつの昔を調べている。

そのために酔楽は、時々ふっと自分のもとから姿を消す五郎政を快く思っていないようである。どこかで油を売っているか、昔の病気が出てきて博打場に足を踏み入れているか、そんなところだろうと踏んでいるらしく、五郎政を見る目は冷たい。

それでも家事いっさい、いまでは五郎政がいなくてはにっちもさっちもいかなくなっているためか、渋い顔をしながらも黙っている。

五郎政が酔楽の家に最初に行った時には、爺さんが酔楽の世話をしていたが、まもなく足腰がきついと言い出して、深川の娘の嫁ぎ先に帰ってしまったのである。

むさ苦しい男二人、互いにしょっぱい身の上をかばい合いながら暮らしているのである。

「ぐいっと飲め、五郎政」

「へい、ありがとうございやす」

「お前も気づいていると思うが、わしはおなつと所帯を持とうと考えている」

酔楽は、ふいに言い出した。

「そうですか、所帯をねえ」

「なんだその言い方は、不服そうではないか」

「いえいえ、そういうわけではございません」

「お前にはずいぶんと世話になってきたが、おなつが来れば、お前も少しは楽になるぞ」

「親分、あっしは一度も大変だなんて思ったことはございやせんよ。親分のもとにいられる幸せを噛み締めているぐらいでございやすからね」

「うむ」

「なんでも言って下さい」

「まずはおなつとうまくやってくれ。頼むぞ」

「へい」

二人が見合わせた時、

「ごめん下さいませ」

行灯《あんどん》の火を持って、おなつが入って来た。

おなつは素早く灯を入れると、酔楽の側に膝を寄せて、

「先生、急ぎの御用とはなんでしょうか」

にこりと笑みを送った。

「少しな、金が出来た。持って行きなさい」

酔楽は懐から金を出した。

金は巾着《きんちゃく》に入っていて、じゃらじゃらという音を立てた。

「二十両ほどある」

「すみません」

おなつは、手にとると押し頂き、酔楽に感謝の目を向けた。

「あと八十両でいいのだな」

「はい」

おなつは頷きながらも、五郎政を気にしているようだった。

「晴れて一緒に暮らせる日を待っているぞ」

「はい」

おなつは慎ましやかに頷くのである。

「龍太はどうしておるのじゃ……時々は連れてきてくれ、顔を見たい……」

酔楽は言った。

五郎政ははらはらする思いで酔楽を見詰めていた。

五

「雁首《がんくび》を揃えて、何だ……千鶴、求馬」

酔楽は、庭に現れた千鶴と求馬をじろりと見た。

酔楽は縁側であぐらを組み、鳥籠の中のひよこに餌をやっていた。

ひよこは、もらった餌を飲み込むと、ぴよぴよと鳴いてまた餌を欲しがっている。

「待て待て、今やるぞ」

酔楽は、孫にでも声をかけるようにひよこに言う。

「おじさま、お話があります」

千鶴は神妙な顔で言った。

「患者をほったらかしにしてやって来るとはな、東湖が泣いているぞ」

「それを言うならおじさまの方です」

「何……」

苦笑していた酔楽の顔から笑みが消えた。

餌をやる手を止めて、千鶴を見返した。

「そうか、お前たち、おなつのことでやってきたのか。お節介なことじゃ」

「先生……」

求馬は、酔楽を厳しい目で見て言った。

「まあ座れ」

「先生はご存じでしたか。茅町にある絵草子屋巴屋のことを」

「求馬、お前は……」

「あそこではおなつさんは、あやめと言っていたそうですね」

「そうだ。俺はあやめを敵娼《あいかた》にしたことがある」

酔楽は、あっさり認めた。

「おじさま!」

「医者の癖に何を驚く」

「……」

千鶴は次の言葉が見つからない。

「まあ、二人とも中に入れ。順を追って話す」

酔楽は、ひよこの籠に餌を押し込むと、二人を座敷に上げた。

「さて、何から話してよいものか……」

酔楽は二人の顔を交互に見ると、

「お前たちも知っている通り、俺は家を出て医者になった変わり者だ。三男坊だったからな。家は代々役高千石の御小姓組頭を拝命する旗本三百石としては恵まれた家だ。しかし、三男坊ともなれば、どこかの組に見習いとして出仕した後別家を立てるか、あるいは養子にいってその家を継ぐか……いずれにしても三男ではな。養子は別として別家を立てるなど、これはなかなかに難しい。それで家を出たのだが、勘当同然だったからな、父と母の葬儀には出たが、兄弟との縁もそれっきり、家に顔を出したこともなかった」

酔楽は、淡々と話し始めた。

酔楽の若い頃の話など、千鶴にしたって求馬にしたって、詳しく聞いたことはない。興味深い話だった。

「ちょっと待て……」

酔楽は立って台所に向かうと、酒と茶を盆に乗せて運んで来た。

千鶴には茶を出し、求馬と自分には湯飲みに酒を入れた。

一口酒を含んでから、酔楽は話を続けた。

「ところが、兄とも弟とも思っていた東湖が亡くなり、がっくりしているところに……」

酔楽は、東湖の名を口にした時、悲しげな目を千鶴に送って、

「兄の臨終の知らせが届いた」

喪心した顔で言った。

だが、すぐに元の顔に戻して、

「兄は父と同じく、その時には御小姓組頭になっておった。順風満帆の兄に比べてこの俺は……実家に帰ったが兄の死に目には間に合わなかった。息子がすでに立派に成人しており、家督も継ぎ……兄は人として万端滞りない人生を終えたと思った。俺との違いをつくづく感じた一瞬だった。そうそう、次兄はずっと前に亡くなっている。俺は兄の遺影に手を合わせて家を出てきたが、いよいよこの角を曲がれば実家の姿は見えないというところで、振り返って実家を見た。これでこの家ともおさらばだと思ったな。俺はいよいよ天涯孤独だと……なあに、最初

からそのつもりで出た家だと思っていたのだが、いざとなると胸にこたえた……」

踵を返したが、空しい気持ちが胸に膨れ上がってきた。

――東湖、お前が俺をひとりにしたのだ。ひどい奴だな、お前は……。

独りごちた。自分だけが取り残されたような思いに襲われていた。

気がつくと、ふらふらと不忍池までやってきていた。

あちらこちらではしごをしているうちに、茅町の横丁に素人の女を抱かせてくれる店があるという話が頭を過《よ》ぎった。

いつだったか、ある家に往診に行った時に、そこの主《あるじ》から聞いた噂だった。

話は噂で、その主も確かめたわけではない。旦那衆の間では、酒の肴に囁かれている話で、実際そこに行かなくとも、座を盛り上げるのには結構な噂だったのである。

酔楽には店の名はわからなかったが、絵草子屋だというのはわかっていた。

ふらふら歩いていると、それと思《おぼ》しき絵草子屋が見つかった。

それが巴屋だったのだ。

　酔楽は店の中に入ると、女を頼むと言った。

　女将は相手が医者だと知り、一見《いちげん》さんはお断りしているのですが、しょうがないですね、などと言い、一人の女を呼び寄せてくれたのである。

「その女があやめだったのだ」

　酔楽は、年甲斐もなく照れた顔をしてみせた。

「では、その時の縁で、龍太ちゃんが生まれたのだと、それは間違いないのですね」

　千鶴が聞く。

「いや、その時は何もなかったのだ」

　酔楽は苦笑した。

　心なし、千鶴はほっとして、次の言葉を待った。

「その時俺は相当酔っ払っていたが、その俺が……」

　やってきた女を見て、なぜかこの女に手を出せぬと、酔楽は思った。

　妻《めと》も娶ったことのない酔楽である。女を買うことははじめてではなかった。適当にやってきた。

いつもあとくされのない女を相手にしてきたのである。

ところがあやめは、遠い昔、心を通わせた人に面差しが似ていた。

その昔の女は、酔楽が家を出て医者修行をしている時に嫁に行き、子を生み、そしてすでに鬼籍の人になっている。

いや、実際は目鼻立ちが似ているというよりも、その人を包んでいる切なく甘い雰囲気を、あやめもまとっていたのである。

あやめは色が白く、唇がぽってりとしていて、それがあやめの色っぽさを作り上げているようだった。

酔楽は、いっぺんに酔いが醒めた。

あやめはそこに慎ましく座り、顔をうつむけて酔楽の指示を待っていた。

けっして自分から帯を解かない。素人の人妻の恥じらいがあった。

「ここに来たのは初めてなのか」

酔楽が聞くと、女は首を横に振った。

「そうか……」

落胆し、暗い気持ちになった。

「いつからかね、こんなことをしているのは」

「まだ始めたばかりです……三度目です」

あやめは小さな声で言いながら、盛り上がった腿を微かに動かした。

行灯の灯に照らされて、女の腿の成熟があやしげな芳香を放ったかに見えたが、襟元を合わせて身を固くしたその表情には、貞淑な妻の恥じらいがある。

余程の事情を抱えているものと酔楽は斟酌した。

「ここに来れば幾らになるのだ」

「……」

「言ってみなさい」

酔楽は怒ったように言った。

「一両です」

「一両か……」

酔楽は女から目を離して、部屋の薄闇の中を見た。

古くなった絵草子を張り合わせた枕屏風の側に、真っ赤な布団が見える。

酔楽は、そこからも目を逸らした。

見たくない物を見た、想像したくない物を想像したような、苦い思いに襲われたからである。

あやめが現れるまでに、酔楽は二両の金を女将に払っている。あやめの話の通りだと、その二両は折半ということらしい。

酒も飲んでいるし、けっして女将が阿漕《あこぎ》なわけではないなと思ったが、目の前にいるあやめが一両欲しさに見知らぬ男に白い肌をあらわにしている姿には、痛々しいものがあった。

酔楽は財布に残っていた一両をあやめの膝前に置いて言った。

「とっておきなさい。女将からあと一両貰って帰りなさい」

あやめは驚いた顔を上げた。

「今日はね、これでおしまいだ。俺もすぐに出る」

「申し訳ありません」

あやめは頭を下げた。

「いやいや、あんたが謝ることはない。女将にはね、この年寄りだ、適当に言っておくから……」

はい……と女は小さな声で言い、俯いた。

「それからね、これは私の願いだが、こんなところにはもう来ないほうがいい」

そんな事を言ったところで、何の解決にはならない事を知りながらも、つい、酔楽はあやめに言った。

いや、なにより、酔っ払って女の肌を求めに行った人間が、悟り顔をしていう言葉かとも思える。

あやめはそんな酔楽の間抜けぶりを感じているかもしれない……酔楽はひやりとしたが――。

あやめは、小さく、こくんと頷いてくれたのである。それだけで、酔楽の心は満たされたのであった。

そこまで話すと酔楽は、

「おいぼれがとんだ説教をした訳だ……」

「先生……」

求馬は、男としてどこかに心を揺さぶられるものがあったのか、黙って酔楽の湯飲み茶碗に酒を満たした。

酔楽は、その酒を黙って飲み干した。

――あの時のおじさまは……。

千鶴は、櫓《ろ》を漕ぐ音を聞きながら、ぼんやりと根岸川から山谷堀に入った猪牙舟の左右を見渡していた。

緑は深い。

土手を覆う茅類の草々の、燃えるような青が、季節の変わり目を告げている。

周りの田は、順々に整えられて、まもなく田植えの季節を迎えるようだ。

日暮れ前のいっときを、親子でどじょうを取っているのか、籠を田地の間を流れる水路に差し入れ、大きな声を上げてはしゃいでいるのが見えた。

「千鶴殿……」

差し向かいに座っている求馬の声だった。

求馬は、石神井川に架かるくいな橋で猪牙舟を待っている時、

「酔楽先生の懐の深さを改めて知りました。今のところはおなつさんという人を信じるほかはないでしょう。千鶴殿もあんまり深く考えないで……真実は一つ

だ。そのうちにわかる」

沈んだ心で考え込んで舟を待っていた千鶴に言ったが、その時と同じ表情で千鶴を見ていた。

千鶴はあいまいな笑みを浮かべて頷いた。

そうして一旦は、酔楽の話から頭を切り離したが、いくらもしないうちに、また酔楽の話を思い出していた。

酔楽が酔っ払って茅町の巴屋に上がってから数か月後のことである。

湯島天神下の同朋町の茶坊主の屋敷に往診に行った帰りに、酔楽は池之端仲町の縄暖簾に入った。

例のごとく、一杯やって帰ろうかと思ったのだ。

店は大通りに面していて、店の中から通りやその向こうにある不忍池が一望出来た。

飲んでいた顔をなにげなく上げると、池のほとりに白い羽の鳥が集まっていた。

その鳥に餌を投げている母娘を見て、酔楽は息が詰まりそうになった。

母親はあのあやめという女で、側にいるのは三、四歳の女の子だった。その女の子が、餌を投げると、胸を押さえてはあはあと荒い息をする。

女の子は痩せていた。

あやめはその子を抱き寄せて、頭を撫で、頬を撫で、膝に乗せて抱き締める。

どうやら女の子は病んでいるようだった。

酔楽は店を出て近づいた。

——自分がいま姿を現しては、あやめに嫌な思いをさせるのではないか……。

しかし、医者として黙って見過ごすことは出来なかった。

あやめは酔楽が声をかけると、

「あっ……」

小さな声を上げた。

「どうなされた。私は酔楽と申す医者だ。診てしんぜよう」

酔楽は子供の手前、初めて会ったような振りをして、あやめに言った。

「でも」

戸惑いを見せるあやめに、首を振ると、

「通りすがりの者だが薬礼などいらぬゆえ、安心しなさい」

酔楽は強引に、そこで娘の脈を診て、胸のあえぎの原因を告げた。

「喘息じゃな。かかっている医者は？」

「あの……お医者に診せてやりたくてもお金が……それでせめて、娘が鳥を見たいというものですから、ここまで歩けるうちにと、連れて参りました」

と言う。

「そうか。そうであったのか」

酔楽には、あやめが、あの巴屋に出向いていた訳がわかって、胸が痛くなった。

住まいを聞けば、御数寄屋町というではないか。

「よしよし、この背中に乗りなさい」

酔楽はしゃがんで、娘子に背を向けた。

「遠慮せずともよい。さあ」

有無を言わさず娘子を背中に背負って、酔楽は御数寄屋町の大吉長屋に行ったのである。

女の子は重度の喘息だった。

今度風邪でもひいてこじらせたなら、命はあやうい。

そう長くはない命と知った酔楽は、その日より、二日に上げず大吉長屋に通って女の子の容体を診た。

あやめの本当の名が、おなつと知ったのも、酔楽が女の子を背中におぶって長屋に行ったその日のことだった。

娘の名は幸《さち》だということだった。

夫がいて、その夫の名が柿田粂次郎と聞いたのも、その頃だった。

ただおなつが、身の上を詳しく打ち明けるようになったのは、それから一月《ひとつき》もたってからだった。

娘の容体が日々悪化しているにもかかわらず、亭主は家によりつこうとはせず、酔楽が往診している時に、一度だけ酔っ払って帰って来たことがある。

粂次郎という男は、酔楽をうさん臭そうにじろじろ見て、

「金もないこの家に往診とはな……物好きな医者もいたものだ」

くっくっと含み笑いをしてみせた。

「何をおっしゃるのですか。先生は見るに見兼ねて来て下さっているのです。あなたからもお礼を申して下さいませ」

おなつは縋るようにして言ったが、

「ちっ、何にもない家だな」

行李《こうり》をひっくり返して吐き捨てるように言い、喘いでいる娘の幸の顔をちらと見て、

「幸の病はお前のせいだぞ」

おなつに責任をなすりつけて出ていったのである。

「申し訳ありません」

おなつは粂次郎が出ていくと、酔楽に詫びた。

「なぜ、あんな男と一緒になったのだ」

怒りも露わに酔楽は言った。

「……」

「他言はしないぞ。話してみなさい。この年寄りにも話を聞くぐらいのことはできる」

「うっ……」

おなつは泣き崩れた。緊張の糸が切れた一瞬だった。

おなつの話によれば、亭主の柿田粂次郎は、旗本五百石柿田民右衛門の妾腹の子であった。

幼少にして母を失い柿田の家にひきとられたが、腹違いの兄や弟、ひいては家来や使用人たちにも白い眼で見られて育った。

長じるにつれ父親にも反発するようになった粂次郎は、柿田の家では浮いた存在となっていった。

おなつは、その柿田の家で女中奉公をしていたのである。

おなつは目黒の龍泉寺の近くにある下目黒村の百姓の出だった。

奉公を始めた頃から粂次郎に同情的だったのである。

やがてその同情が愛情に変わり、粂次郎もまたおなつに愛情を告白するに至って、二人は家を出たのである。

柿田の家では厄介払いが出来たぐらいにしか思っていなかったのか、止めることも捜すこともしなかった。

金も伝もない二人は、この貧しい長屋に身を寄せたが、当て所のない暮らしは、粂次郎の心を蝕《むしば》んでいったのである。

幸が腹に出来た頃から、粂次郎は家を空けるようになった。

奥寺祥軒とかいう得体の知れない人の家に入り浸って、幸が喘息になっても家を顧みることはない。

切羽詰まって、あの巴屋に行ったのだと、おなつは言った。

おなつは、あの日以来、酔楽から言われた通り、巴屋への出入りは止め、お針子をして食いつないでいたのであった。

酔楽は、話を聞いて胸を痛めた。

自分にしてやれるかぎりのことをと、その後も往診に通ったが、幸は春先に風邪をひき、短い命を終えた。

「その夜にな……」

酔楽は、そんな表現で千鶴と求馬に、おなつと深い契《ちぎ》りを結んだことを告白したのである。

ただ、二人がそうなったのは、その時が一度限り、すぐにおなつは酔楽の前から姿を消すようにいなくなったのだという。

そして、鳥の声を聴きに行った根岸の山で、二人は再会したというのであった。

「龍太のためにも一緒に暮らすほうがいい。しかしそうするためには早急に百両の金がいるのだ……おなつの実家は借金を抱えているらしい。それさえカタがつけば、おなつはいまの店を辞めてこの家に来ることが出来る……そういうことだ」

酔楽は、普段の酔楽らしからぬ調子で淡々と語った。

その胸のうちには、深い情愛があることを、千鶴も求馬も感ぜずにはいられなかった。

問い質《ただ》すまでもなく、二人は無言で聞いていた。

酔楽の気持ちが真摯《しんし》なだけに、

――だからこそ、おなつが酔楽を騙しているなどと思いたくはないのだが……。

千鶴は、深い溜め息をついて、再び求馬に目を戻した。

その時であった。

疾走してきた舟が舵をあやまって、千鶴たちの方に突進してきた。

「あっ」

小さな叫び声を上げると同時に、ぐらりと舟が大きく揺れた。

「馬鹿野郎、気をつけろい！」

船頭が怒鳴っていた。

千鶴は体の均衡を失って前のめりになり、船底に転がりそうになった。

「あぶない」

求馬が手を差し延べて千鶴の体を支えていた。

力強い求馬の掌の暖かみが伝わってきた。

思わず二人が離れた時、

「旦那、すいやせん。まったく、どうしようもねえ舟だ」

船頭は、あわや衝突しそうになって走り去った猪牙舟の後ろを顎で指した。

その舟には船頭が二人、腕も尻もまくりあげて、競うように櫓を漕いでいた。

客は編み笠をかぶって腕を組み、じっと前を見据えて座っている。

吉原に向かう舟だった。

「二挺立ては事故が多いから禁止になって久しいのに、ああやって吉原に急ぐお客にせかされると抜けがけでやっちまう。困ったもんでさ」

船頭は舌打ちして言った。

千鶴は、身を固くして求馬を見た。

求馬も口辺に笑みを湛えて千鶴を見ていた。

千鶴は思わず顔を赤くして俯いていた。

六

おなつは、酔楽から二度目の金を受け取ると、そそくさと根岸の家を後にした。

懐には三十両の金が入っている筈だった。

一緒になるには百両の金がいる。

五郎政は洗っていた飯釜を井戸の端に置いたまま、おなつの後を追った。

おなつは花川戸の店に向かうか、それとも住まいの諏訪町に帰るか、どちらかだと思っていたが、根岸の外れで南に折れた。

しばらく路の左右に寺が続くが、まもなく下谷の御簞笥町に入った。

さらにそこから、上野山内に向かう大通りを進み、新寺町通りまで出て、そこから東に向かって歩き、行安寺門前町の仕舞屋《しもたや》に入った。

仕舞屋は、菊屋橋がすぐ目の前に見えるところにあり、差し向かいは蕎麦屋になっていた。

五郎政が、おなつが消えた仕舞屋の前で格子戸から中を覗こうとしていると、肩をとんとんと叩かれた。

ぎょっとして振り返ると、浦島亀之助と猫八が立っていたのである。

「なんだ。旦那方じゃござんせんか」

「お前、何してるんだ……この家の者と知り合いか」

猫八が十手を引き抜いて、五郎政の胸を叩いた。

「いや、今ここに入った女を尾けてきたんだ」

「何だと……ちょいと、こっちに来るんだ」

猫八は、五郎政の袖を引っ張るようにして、蕎麦屋に押し込んだ。

「何するんだよ」

乱暴に扱われて、むっとして見返すと、

「何するんだじゃねえよ、まったく……張り込んでんの俺たち……わかる？」

猫八が、十手の先で、向かいの仕舞屋を指す。

「えっ、あの家を……」

「旦那、五郎政はなんにも知らないようですぜ」

猫八が呆れた顔で亀之助に言った。

「何ですか、教えて下さい」

「しょうがねえなあ、めんどくさいけど仕方がねえな。こっちの仕事を邪魔されたんじゃあたまらねえからな。いいか、よおく聞け」

猫八は五郎政の耳元に顔を寄せた。

「俺たちはな、定町廻りの新見彦四郎様と組んでこの事件を探索しているんだが、なにしろ相手は一筋縄ではいかねえ御仁だ」

「いったい、誰で」

「馬鹿、その御仁とはな、奥寺祥軒という御家人くずれの悪いお方だ」

「奥寺祥軒……どっかで聞いたことがある名だな……」

五郎政はすばやく頭を巡らせて、手を打った。

「知ってるよ、俺が酔楽先生に拾われる前のことだ。ある博打場に出入りしていた商人が恐喝されたと言っていたが、その男だ」

「おい待て、なんで恐喝されたんだ……」

「囲っていた女のことがばれたのよ。なにしろ、御養子さんだったからな、内儀に知れたら叩き出される。それで百両とか、二百両とか口封じに出したと言ってたな」

「おい、五郎政、それだが、鍛冶町の下駄問屋の主ではないのか」

横から聞いてきたのは亀之助だった。

「へい。その通りで……」

「やはりな。新見殿の言った通りだ……しかしな五郎政、奴の悪はそんなもんじゃない。蔵宿師《くらやどし》あがりの恐喝が本業の男だ」

亀之助は勿体をつけて言った。

「蔵宿師？……」

「お前、蔵宿師を知らねえのか」

また横から猫八が言った。

「蔵宿師というのは……お前、浅草の御米蔵は知ってるな。隅田川べりにある、三万六千余坪に五十一棟もある、とてつもないお米蔵だ」

「へい」

神妙に頷く五郎政に、猫八は真向かいに座って説明した。

この幕府の蔵には、毎年百五十万余俵が運びこまれる。

この米が、幕府の侍、つまり主に御家人ということになるが、俸禄を何俵という米の俵で頂いている者たちに支給されるのである。

石高で貰っている旗本などは、直接自分の領地から年貢として徴収するが、領地を持たない幕士はすべて、この蔵の米を配給してもらうのであった。

例えば俸禄が四十俵だった場合、これが春と夏と冬の三季に分けて支給される。

三季だから三等分かというとそうではなく、春に四分の一の十俵、夏に四分の一の十俵、そして冬に四分の二の二十俵が渡される。

本来ならこの米を本人が受け取って、食べる分は米で貰い、残りは金に換えるのだが、なにしろ御家人だけでも一万七千三百余人もいるのである。

それが一斉に御蔵に押し寄せては混雑するばかりである。

そこで、手数料をとって、武家の代わりにその処理をする人たちが現れたが、これを札差という。

ところが下級武士は俸禄だけでは暮らせなくなり、札差に前借りをするようになった。

これには手数料や高い利子がつくので、ますます暮らしは苦しくなる。中には三季の季節がやってきても、借金やら利子やらがかさみ、ほとんどを札差にとられてしまう輩も増えた。

そこで、この札差の手を通さずに、いわば、こっそり禄米を手に入れることは出来ないものかと考える武士が出てくる。つまりは踏み倒しだ。

ついには、そういった御家人と札差しの間にたって、話をまとめる商売が出てきた。

これを蔵宿師という。

だがこの蔵宿師は、御家人くずれや用人くずれが多く、中には札差を恐喝したり脅したりして、借金をちゃらにさせたり、逆に金を巻き上げたりして、堂々と悪をやってのける者が現れたのである。

「五郎政……向かいの家にはな、その蔵宿師でも飛び抜けて凶悪な奴が住んでいる。先程言った奥寺祥軒だ。お上も放ってはおけなくなった。他の阿漕な蔵宿師のみせしめのためにも、お縄にしなくちゃならねえ。新見様とうちの旦那は、だから見張ってるんだぜ。わかったか」

猫八は説明し終わると、改めて物知り顔で五郎政を見た。

「そうですかい。そんなに悪い奴等ですかい……」

そんな家に、なぜあのおなつが入って行ったんだと、おなつに対する不審な思いがますます膨れ上がる五郎政である。

「猫八……」

その時、亀之助が押し殺した声を出した。

亀之助は窓によって、向かいの軒下を注視していた。

猫八も五郎政もあわてて窓によって、向かいの様子を盗み見る。

「おなつ……」

五郎政が呟いた。

おなつは、背の高い浪人と戸口に出てきたところだった。

浪人は家の奥に油断のならない視線を走らせると、おなつの腕をつかんで、五郎政たちがいる蕎麦屋の軒下に大股でやってきた。

「あぶね……」

三人は、思わず腰をかがめる。

そうして、そろそろと顔を上げた。

蕎麦屋の格子戸の向こう、軒下には、浪人と向かい合ったおなつがいた。

浪人の掌には、酔楽がおなつに渡した巾着が乗っている。

その巾着の重みを、浪人は掌の上に乗せて確かめている。

「三十両か」

浪人が言った。

「はい……」

「後の金は……」

冷たい声が、問い詰めるように言う。

「わかりません。でも近いうちに先生はなんとかして下さいます」

「いいか。金が出来なかったら俺は命をとられるんだ」

「はい……でも粂次郎様、本当にお金を返したら、祥軒様は許して下さるのですね」

おなつの声は小さい。

「くどいぞ」

「だって……」

「龍太が可愛くないのか……親子三人、今度こそやり直したい、そう言ったのはお前じゃないか」

「ええ……」

「おいぼれ医者め、早く金を作れってんだ。おなつ、お前、手のひとつも握らせてやれ」

粂次郎は卑猥な笑いをしてみせた。だがすぐに、真顔になると、

「みろ、俺は見張られているのだ」

仕舞屋の表を顎で指した。

人相のよくない男が二人、懐に手を突っ込んでこちらを睨んでいる。粂次郎の言う通り、見張られているのは間違いなかった。

男たちの冷徹な目は、まっすぐ刺し貫くように、粂次郎に向けられていた。逃げ出そうものなら瞬時に飛びついて刺してやるぞ……懐の手は物いわずしてそれを示していた。

人相のよくない二人は、ちらりと互いに見交わすと、粂次郎たちを見据えたまま、右手を懐に差し入れ、ゆっくり粂次郎たちの方に歩いて来る。

「いかん。お前は行け」

粂次郎は押し殺した声で言ったが、二人は急に小走りして来て粂次郎の退路を断ち、蕎麦屋の壁に押しつけるように両脇に立つと、

「旦那、祥軒様がお呼びだぜ」

おなつに冷たい一瞥をくれると、粂次郎の腕を抱えるようにして、仕舞屋の中に消えた。

「あなた……」

おなつは哀しげな声を上げて、哀れな夫の姿を見送ったが、やがてのろのろと蕎麦屋の軒を離れて行った。

「ちきしょう、やっぱりだ。やっぱり親分は騙されてんだ」

五郎政は歯ぎしりして、拳を握った。


「柿田粂次郎という人とは、別れていなかったというのですね」

千鶴は、薬研《やげん》を使う手を止めて、敷居際に立つ亀之助と五郎政を見た。

燭台の明かりに眉を曇らせた千鶴の顔が見える。

「しかも、おじさまのお金は、その粂次郎に手渡した……」

「間違いねえ。あっしだけでなく、この旦那もそこにいたんですぜ。あの女狐は、親分が老骨にむち打って、せっせとつくった金をですぜ、前回が二十両、そしてこのたびが三十両……」

五郎政は悔しそうな顔をした。

――一番恐れていたことが……。

千鶴は思案の顔で五郎政を見た。

千鶴を手伝っていたお道が、千鶴の膝前から黙って薬研をとりあげると、ゆっくりと押し砕いていく。

「千鶴殿、五郎政は、すぐにでもその家に殴りこもうとしたのですが、そんなことをされちゃこっちが迷惑だ。ようやくそう言い含めてこちらに連れて来たのです」

亀之助が言った。

「本当に酔楽先生はどうしてしまったんでしょうね」

お竹がお茶を運んで来た。

「どうぞ……いま皆さんのお食事もつくっておりますから。あっ、そうそう、五郎政さん、先生に持って帰って頂きたい物がありますから」

「へい、ありがとうございます」

「サンショとフキの佃煮と、肌着です。余計な心配かもしれないのですが、毎年のことですから……」

お竹は言い、立ち去ったが、心なしか寂しそうである。

「千鶴殿、お竹さんだが、先生にホの字だったのか」

聞いたのは亀之助だった。

「お竹さんとおじさまは、知り合ってから長いですもの。お竹さんにすれば晴天の霹靂《へきれき》、こんなにびっくりしたことはないと思います。お竹さんでなくてもみんなね、五郎政さんだって、おじさまの事が大好きなのです。そうでしょ、五郎政さん」

「へい。若先生のおっしゃる通りで……」

「浦島様、ひとつお聞きしたいのですが、柿田粂次郎って人は、奥寺一味なのですか。それとも、脅されているようだとのことですが、何かの理由でその家にいるのでしょうか」

「仲間でしょうな。これは新見様から聞いた話ですが、二月《ふたつき》ほど前のことです。札差の山城屋の番頭から百両の内済金を取ろうとした一味がおりました。さる御家人に高利の貸しつけを仲介した、その仲介料が法に触れるとか言って難癖をつけ、御家人の借金をチャラにしようというものでしたが、敵もさる者、用心棒を雇っていたから追い払われた。その時の一味を指揮していたのが、あの柿田とかいう人だったというのです」

「すると、今仲間に脅されているのは、その仕事の失敗のせいでしょうか」

「おそらく……」

「……」

「ですから、へたに柿田を触れば、こちらの目論見《もくろみ》がばれてしまいます。それで五郎政が殴り込みをするというのを止めたんですが」

「ちきしょう。あの時、押し込んで頬の一つも殴ってやりたかったのに」

五郎政は、目を剥いて残念がった。

「五郎政さん、無理ですよ。そんなことをしてごらんなさい。今頃生きてはいませんから」

千鶴が苦笑する。

「若先生、そりゃあないでしょう」

「わかりました。わたくしも別の方法で、なんとかしてみます」

千鶴は言った。

確たる自信がある訳ではないが、

――まだ打つ手はある……。

千鶴は思った。

七

池之端の料理屋『月之屋』の小座敷に酔楽が上がったのは、久し振りだった。親友で先の大目付下妻直久《しもづまなおひさ》と一献《いっこん》傾けるためである。

酔楽は下妻に頼まれて、将軍家斉《いえなり》に特別に調合した強壮強精剤の秘薬を月に二回、下妻を通じて奥御医師に届けている。

下妻は幼少の頃からの親友で、いまは雲の上の人になってしまったが、秘薬の一件がなくても、大目付の御役についていた時でも、二人は時々会って酒を酌み交わしていた。

下妻自身、長い間子に恵まれず、諦めかけていたところに、酔楽が件《くだん》の秘薬を勧めて、それで奥方が男児を出産、光之助《こうのすけ》と命名されてすくすくと育っている。

光之助は今年で四歳になるが、そもそも将軍が在野の旗本くずれの医師の薬を欲しがったのも、下妻の妻の出産を人伝に聞いたからである。

家斉の場合は、子が欲しいというのではなく、年老いて尚多くの側室や妾を抱えての悩みとみえる。

酔楽にとって下妻は、東湖とはまた違った、何ものにも代え難い親友だった。下妻はけっして権力を笠に着ることもない。財力をひけらかすこともない。酔楽と下妻は、いつ出会っても、幼いころの友達だった。

だから酒を飲むのも、おごったりおごられたり、だが今日は酔楽が誘った。

月之屋からは、池に映った月が見える。

その月を久し振りに眺めながら、秘薬を渡したいと酔楽は五郎政に手紙を届けさせていた。

予約していた小座敷に入ると、下妻はすでに来ていて、女将を相手に酒を飲んでいた。

「久し振りだな、酔楽……しかし、どういう風の吹き回しだ。満月でもないのに月を眺めるとは、また趣向を変えたか」

下妻は冗談まじりに言い、盃の酒を飲み干すと、

「女将、こやつに酒を頼む。料理は後だ」

勝手知ったる口調で、女将を部屋の外に追い出した。

女将もそこは承知していて、間を置かずして酒を仲居に運ばせると、

「じゃ、お話が終わりましたら、お呼び下さいませ」

小さな盆の上に、風鈴のような鈴を置き、仲居を促して早々に退出していった。

「直さん……」

酔楽は女将が注いでいった盃の酒を飲み干すと膳に伏せ、その膳を横に滑らせると、下妻の前に手をついた。

「なんだなんだ……おい、何を始めるつもりだ。三文役者じゃあるまいし、そんな格好はやめろ」

「すまぬ……実はな。おぬしに頼みたいことがあって使いをやった」

「やはりな。おかしいと思っていたぞ。この月之屋は不忍池に映る月を愛でるには絶好の場所だが、まだ満月には数日ある。それも待てずに呼び出すからには、何かあると思っていたが……」

「いや、すまぬ」

「お前らしくもないな。わしに出来ることがあったら何でも言ってくれ」

「四十両、貸してくれぬか」

「四十両か……」

下妻は、剃り跡を確かめるように顎を撫でて酔楽を見た。

「急いでいるのだ。金は数か月のうちに返す。頼まれてくれぬか」

酔楽は、身を小さくして言った。

長い年月のつきあいの中で、こういった金の貸し借りはしたことがない。

無二の親友であればこそ、金銭や煩わしいことを頼むのは辛い。出来ればそんな頼みごとなどしたくない。せっかくの友情にひびが入るかもしれないのである。

しかし酔楽は、そんな綺麗事は言ってはいられなかった。

恥を売っても、おなつと龍太を助けてやりたかったのである。

「わしもお役を退いている。以前のような禄もない。とはいえ、世間とのつき合いはそのままだ。台所は楽ではないのだ。お前がいくら親友とはいえ、この懐からいますぐに出せる額ではないな」

「すまぬ……」

「しかしだ、困っているお前を放ってはおけぬ」

「直さん……」

「話してみろ。なぜ金がいる」

下妻はじっと見た。

「俺の息子がこの世にいたのだ……その息子のために金がいる」

「……」

「母子ともども手元に置きたい……」

酔楽は、これまでの経緯を、包み隠さず告白したのである。

恥じらいながらも母子を救いたい一心で話す酔楽の姿には、下妻も心を打たれたようだった。

だが、そこはそれ、

「龍太か……間違いないのだな、酔楽」

念を押すように厳しい顔で下妻は見返した。

「母親のおなつがそう言っている」

酔楽は、その視線を跳ね返すように言った。

下妻は目を盃に移すと、

「わかった。明日にも根岸に四十両届ける」

きっぱりと言ったのである。

「恩に切る……一生忘れぬ」

「止めろ、お前らしくもないぞ」

下妻は酔楽の膳を引き寄せると、伏せた盃を起こして酒を注いだ。

酔楽の胸は熱くなった。

根岸に別宅を構えるお大尽は別にして、近隣の田畑を耕す人たちから高い薬礼は取れぬ。

千鶴の嫁入りにと溜めていた金までおなつに渡して、いささか心細くなっていたのである。

黙って頼みを聞いてくれた友人に、心底感謝の気持ちでいっぱいになったのである。

「この歳になって、いや、この歳だからこそ俺の子だと言われた時の喜びは、直さん、おぬしならわかるだろうが、筆舌に尽くせぬものがある」

「うむ……」

「おぬしが光之助を背中に乗せてはいずり回っているのを見た時、何をこの親馬鹿がと思ったが、俺もな、龍太をこの腕に抱いた時にはもう……柔らかい肌、幼子特有の乳の匂い、疑うことを知らぬすずやかな眼……幼子とはこれほど愛しいものとは知らなかった」

「うむ」

「いい歳をしてと笑わば笑え。俺は目を閉じる寸前まで、この子のために力を尽くそうと思ったのだ」

「うむ」

「いや、ありがたい……」

酔楽は、しみじみと言った。

月之屋を出たのは一刻後のこと、いそいそと帰っていく酔楽を見送る下妻直久に、静かに千鶴が近づいた。

「わしは何も言えなかったよ……あんなにひたむきな奴を見たのは初めてじゃ」

「はい……」

「奴も馬鹿ではあるまい……」

下妻は言い、待たせてあった駕籠に乗った。


五郎政が龍泉寺の境内に立った時は、とっくに昼は過ぎていた。

だが雨上がりのため閑散として寂しく暗く静かだった。

掛茶屋も店を出したばかりで、一軒の掛茶屋などは、今頃になって椅子を出したり看板を出したり、綺麗な前垂れをした娘が客を迎える準備をしているのだが、どこかのんびりしているように見えた。

なにしろ見渡したところ、五郎政の他には、あちらに一人、こちらに一人という具合で、雨に出鼻をくじかれたのか客の姿がない。

五郎政は、ゆっくりと娘が準備をしている掛茶屋に近づいた。

「もし、ちょいとお尋ねしたいのですが」

五郎政が声をかけると、娘はちょっと困った顔をして、

「おっかさん……」

奥の方で炭を熾《おこ》している母親を呼んできた。

「手を煩わせやしてすみません。ここで粟餅を売ってる権兵衛というお人に会いたいんですが……今日は来ていないんでございやすかね」

五郎政は本堂に向けて延びている石段下を見て言った。

おなつの両親は、野菜作りの合間に餅を作って寺の階段下で商っていたと、五郎政は柿田家の中間をつかまえて聞き出していた。

酔楽には、故郷の友達が江戸に出て来たので、案内をしてやりたいと嘘をついて、休みを貰っていた。

「権兵衛さん？」

掛茶屋の母親は、怪訝な顔をして五郎政をじろりと見た。

「あの石段下でいつも夫婦で商いをしていたと聞いてきたものですからね。いや、あっしは昔お世話になったことがございやして、近くに参ったものですから」

「ご存じなかったんですか。権兵衛さんは亡くなりましたよ」

「えっ、それはいつのことで」

「三年も前ですかね……おかみさんもね、後を追うように亡くなって……」

「まさか、おなつさんですが、その事を知らないってことはないでしょうね」

「まさか……父親が亡くなった時も、母親が亡くなった時も、帰ってきていましたからね。なんでもおなつさんは、立派な御旗本の次男だか三男だかにお嫁にいったというから、大したもんだって言ってたんですがね」

「……」

「ところがですよ。別の噂では、権兵衛さん夫婦は、せっせと粟餅を売ったそのお金を、娘さんのおなつさんに仕送りしていたという者がいましてね」

「……」

「そういえば、おなつさんとは、どういう関係……」

思い出したように聞いてくる。

「ですから、権兵衛さんに昔世話になった……」

「ああそう……それでね、私もそういえばそうかも知れないと思ったんです。権兵衛さん二人を見てたら、いつも着た切り雀でさ、つましい暮らしをしていたからね。でも粟餅は飛ぶように売れてたんだから」

「おかみさん、しかし畑も持っていたんだろ」

「少しね、でもそれじゃあ食べていけないと言ってましたからね」

「じゃあ、暮らしに困って大変な借金をしたとかいう話は……」

「変なこと聞くんだね。大変な借金なんてするわけないじゃない」

「ふーん……おなつさんの子供は見たことありますかい」

「子供？……ううん」

首を横に振って否定した時、

「おっかさん、あたし知ってる」

娘が言った。

「娘さんが知ってるというのは男の子ですかい」

「ええ、男のお子さん。まだよちよち歩きだったけど、生まれて一年と六カ月とか言ってましたからね」

「一年六か月、そりゃあいつの話だい……」

「だから、おばさんが亡くなった時だから、丁度一年前かしら」

「すると、男の子はこの月で二年と六か月、まだ生まれて三年は経っていねえ、そういうことですねえ」

「ええ」

「ありがとよ。いや、これはお茶代だ、とっといてくだせえ」

五郎政は巾着から銭を適当につかんで腰掛けに置いた。

思わぬ収穫があって嬉しかった。

おなつの実家を調べに来たのは、念の為だった。

酔楽が渡した金が、亭主の粂次郎に渡っているのは明白だが、それだってうまく言い抜けられるかもしれない。

例えば……確かに粂次郎に会いに行ったが、実家が借金をかかえているのは本当なんだと——。

五郎政が欲しかったのは、おなつが嘘をついてまで酔楽から金をとっているという、確たる証拠だった。

そんなことを考えながらやってきたのだが、まさか、子供のことで収穫を得られるとは思わなかった。

あの子が酔楽の子であるなら、この月で生まれて三年は経っている筈だった。

それが半年ものずれがあるのである。

赤子の出産だけは年月をごまかしようがない。

子供が十月十日《とつきとおか》で生まれる事ぐらい、五郎政だって知っているのだ。どんなに予定が狂っても半年もの違いが出る筈がない。

お茶代として銭を無造作につかんで置いたのも、休みまでとってやってきた甲斐《かい》があったと嬉しかったのである。

「邪魔したな」

五郎政は勢い良く踵を返した。

八

「おなつさん」

千鶴の声に、おなつはぎくりとして振り返った。

おなつが勤めを終え、花川戸の丸山の店を出て、長屋に帰るために吾妻橋近くにさしかかったところだった。

「おとくさん……」

おなつは見返して驚いた。

千鶴と一緒におとくが立っていた。

「おなつさん、覚えているかしらね。おとくですよ」

「その節は……」

おなつは頭を下げた。

「お子さんは元気にお育ちですかい」

「え、ええ」

「少し小さく生まれたから心配していたんだけど、よかった……それを聞いてほっとしました」

「ほんとに……」

「そうだ、名前は……なんという名前になさったんです?」

「ええ、あの、わたくし、急いでおりますので……」

踵を返そうとしたその腕を、千鶴がつかんだ。

「お待ちなさい。お尋ねしたいことがあります」

きっと見た。

「お手間はとらせません」

千鶴はおなつを促した。

その方向、吾妻橋の西袂には、水茶屋の緋毛氈《ひもうせん》を敷いた腰掛けがあった。

折よくそこには客はいなかった。

これから夕闇が迫り、川に遊覧の船が繰り出してくると、この橋の袂も見物客で多くの人の往来がある。

すでに川に船を出し、遊覧を始めた人たちもいるにはいるが、花火の上がる頃までは、ゆったりと両岸の景色を楽しんでいるようだった。

「どうぞ……」

千鶴は身を固くしているおなつに椅子を勧めた。

おとくも、おなつを挟むようにして座った。

口を開いたのはおとくだった。

「おなつさん、今はあたしは息子の世話になっていますから、神田のおかね新道に住んでますが、私が阿部川町に住んでいた頃、おなつさんの赤ちゃんはあたしが取り上げました。そうですね」

「……」

「赤ちゃんは遅く生まれた訳でもなく、また、予定より早く生まれた訳でもない。ほぼ十月で生まれている」

「……」

「赤子は男の子で、元気に育っていれば、この月で生まれてから二年と半年、三年にはまだなっていない筈、そうですね」

「おとくさん」

「世間様に嘘をついちゃあいけませんよ、おなつさん……」

おとくの言葉は厳しかったが、その目は哀しみを湛えている。

俯いてじっと息を潜めているかに見えるおなつに、おとくはさらに問い質す。

「あたしゃあね、おなつさん。酔楽先生とも、ここにいらっしゃる千鶴先生とも仲良くしてもらっておりましてね。この度の騒動は千鶴先生のところのお竹さんというお人に聞きました。放ってはおけなくなりましてね」

「……」

「だって月日が合わないでしょう。酔楽先生のお子なら三年経っている筈でしょう。でも、赤ちゃんは私が取り上げましたからね、二歳と半年というのは間違いないんです。どんな事情があるのかそれは存じませんが、酔楽先生を騙すのだけは、止めて頂けませんか」

「……」

「龍太ちゃんは酔楽先生のお子ではない。おなつさんの家でたびたび見かけた、あの、お武家のお子でしょ。私、見てるんですよ」

「おとくさん、千鶴先生、お許し下さいませ」

おなつはついに、耐えきれなくなって、頭を下げた。

「酔楽先生のお子ではないんでしょ」

おとくが念を押す。

おなつは、大きく頷いた。

「何故です。おなつさん。あなた、おじさまにどんなに酷いことをしているのか、おわかりですか」

千鶴は、つい、厳しい言葉になった。

今までの心配が怒りとなって、どっと溢れてきたのである。

千鶴はつい先頃まで、この一件にかかわる難しさを実感していた。

下妻直久を頼り、なんとか酔楽に目を覚ましてほしいと思ったものの、下妻は酔楽のあまりの純情ぶりに厳しい助言が出来なかっただけではなく、金まで融通している。

そんな折、五郎政がやって来た。

五郎政の調べでは、おなつの実家に借金があるというのは、まったくの作り話で、しかも幼子の歳に偽りがあるのじゃないかと言うのであった。

千鶴はおなつが出産の頃に住んでいた長屋に出向いた。

そこで、出産の年月、とりあげた産婆のことを聞いているうち、その産婆がおとくだとわかったのである。

――おとくさんに聞けば、これで真実がわかる。

千鶴は一つの解決の光を見た。

丁度折よくお竹から話を聞いたというおとくが、おなつの事を覚えていて、確かに自分が赤子を取り上げたおなつかどうか確かめたい。そう言って、おとくの方から千鶴に同行を頼んできたのである。

――それにしても、何故……。

千鶴は、厳しい目で見つめると、

「龍太ちゃんは、誰のお子？」

静かな声だが、有無を言わさぬ声音で聞いた。

「柿田、粂次郎です」

「奥寺祥軒のところにいる武家ですね。あなたがおじさまから貰った三十両を渡した」

おなつは、はっと顔を上げた。

「五郎政さんが、あのお蕎麦屋にいて見てたのですよ」

「千鶴先生」

「その人が柿田さんですね」

「はい、柿田は、仕事の失敗で百両の穴をあけたようです。それで祥軒様が、百両弁済しなければ家にも帰さないし、命もないと……」

「それであなたは、おじさまを騙そうと思ったのですね」

「申し訳ありません。ただ、お金は後で必ずお返しするつもりでした」

「おじさまは、あなたがご亭主と、とっくの昔に別れていると思っていました。

それだからこそ、龍太ちゃんも自分のお子だと信じたし、将来のことを考えて、あなたたち親子を根岸に迎えようとなさったのです。あなたの言われるままに……あのお歳で、百両のお金を必死になって……」

「申し訳ありません。まさか酔楽先生にまたお会いするとは思ってもみませんでした。それが、お会いした途端、あのお優しい方なら救って頂ける、そう思ってしまって……気がついたら龍太を利用して……」

「……」

「おなつさん。あたしがお産を手伝ったのも、あなたが健気《けなげ》に暮らしていたから、だからじゃありませんか」

「本当にすみません」

「おじさまの前から黙って消えていったあなたが、あまりに身勝手です。そうは思いませんか」

千鶴は言った。

「先生、そのことだけは……夫に、柿田に、今度酔楽先生がやってきたら斬る、などと言われて、それで……」

「……」

千鶴は真実をつきとめたものの、酔楽の気持ちを思うと、困惑していた。

おなつの嘘は、あまりにも重い。

遣り切れない思いでおなつから目を背けた。

「おじさま、気分を悪くなさったのでしょうね。出過ぎたこととは知りながら、おじさまの事が心配で」

「千鶴……」

酔楽は、灯火の向こうから、まっすぐに千鶴を見た。

根岸の夜は深い。

どこかでふくろうが鳴いていた。哀しげに聞こえるその声を聞きながら、千鶴は酔楽に事の次第を話したのであった。

逡巡《しゅんじゅん》した上での決断だった。

父とも慕う酔楽に、それで愛想をつかされればそれはそれ、娘としてするだけの事はしておきたい。千鶴はそんな思いに駆られたのであった。

だが酔楽は、意外と冷静に話を聞いてくれたのである。

ただ、千鶴の話が終わっても、大きな溜め息をひとつ吐いただけで、千鶴は酔楽の心を計り兼ねたが、千鶴……と言った酔楽の表情には、なぜか落ち着きがあった。

「わかっていたのだ、千鶴」

酔楽は微かに笑みを湛えて言った。

「おじさま」

「わしも医者だ。龍太の面差しにわしの影はないと思った。思ったが、この年寄りに一条の光をもたらしてくれたこともまた事実だ」

「……」

「しかしな、わしは、わしの子でなくともいいと思ったのだ。おなつがわしを頼ってくれて、老い先短いこの年寄りと一緒に暮らしてくれるのなら、それでもいいと……」

「……」

「千鶴、一度、お前と求馬におなつと最初にあった絵草子屋での話をしたことがあった」

「はい」

「あの時わしは、昔、心を通わせたひとのいることを話したな」

「はい」

「そのひとが他家に嫁いだのは、わしの心根が弱かったからだ。旗本の三男ということがわしの決心を鈍らせた。その人を幸せには出来ないと思ったからだ」

「おじさま……」

「だがな、そのひとは子を成したが、三十半ばで病の床につき、婚家に子を残したまま、実家に帰されていた。わしは、一度だけ病床に呼ばれたことがある。冷たくて細い腕だった。脈診していた時のことだ。ふっと視線を感じて顔を見た。すると、哀しみの深い目でわしを見つめていた。わしはまともに見返すことが出来なかった」

「……」

「そのひとの、健康も、幸せも、奪ったのはわしのような気がしたのだ。わしはその時心に誓った。妻を娶らぬと……」

「おじさま」

「だが今回は違った。雰囲気がそのひとに似ていたこともあったと思うが、そのひとの代わりに幸せにしてやれるものならと思ったのだ。だからおなつについての真実を確かめたくなかったのだ。五郎政にも冷たくあたった……あいつが必死におなつの昔を調べているにも関わらず……五郎政にはすまぬと思いながら、わしは、最後の夢を見てみたかったのだ」

「親分……」

廊下で五郎政の声がした。

荒々しく障子が開き、五郎政が飛び込んで来て、敷居際に座って手をついた。

「申し訳ねえ、親分……親分がなにもかも承知でなさっていなさったとは、この五郎政は馬鹿な男でございやした。どうぞ手討ちにしてくだせえ」

「何を馬鹿なことを……五郎政、いいんだ。それだっておなつに亭主がいなければの話だった」

「あっしはただ、親分が、親分が……」

五郎政は鼻を啜《すす》った。

「はっきりわしの子ではないと思ったのは数日前だ。おとくがここに来て妙なことを言ったのだ。あたしも耄碌したけど先生の方が酷いね、となな。千鶴、五郎政、これでいいのだ」

「親分……」

「酒を食らって勝手気ままに暮らしているわしだが、自分のことになるとからきし駄目だ。お前たちがいてくれたからこそだ」

酔楽は笑った。

千鶴にはその笑みが哀しく映った。

酔楽はすっと立ち上がると、調合室に入り、すぐに戻って来た。

その手には袱紗《ふくさ》の包みがあった。

「千鶴、お前からこれをおなつに渡してやってくれぬか」

千鶴の膝前に置いた。

「下妻に金を借りた。わしの残りの金を含めて五十両、こんどこそこの金で、まっとうな暮らしに戻るようにとな」

「よろしいのですか、おじさま」

「おなつは決して悪い女ではない。わしはおなつを信じている。しあわせになれと伝えてくれ」

酔楽は言った。酔楽の脳裏には、遠い日に、確かに自分の懐を慕って飛び込んできたおなつのしっとりとした肉の重さが蘇っていた。

九

「おなつさん？……おなつさんはもう辞めましたよ」

小料理屋丸山の仲居頭は、怪訝な顔をして千鶴に言った。

酔楽から五十両を預かったのは昨日のこと、浅草の往診を済ませてその帰りにお道を連れて立ち寄ったのであった。

「いつ辞めたのですか」

「昨日ですね。お子さんが熱を出したから休ませてほしいと言ってきたんです。それでね、うちも度々そういうのは困りますから、お勤めはもう少し自由がきくところがよいのではないかって言ったんです……」

千鶴は、最後まで聞かぬうちに、

「お道ちゃん」

お道を連れて店を飛び出していた。

藍染袴《あいぞめばかま》をなびかせて、千鶴はお道と諏訪町に走った。

おなつが住む長屋は、諏訪町の神社近くの裏店である。

「ここよ、お道ちゃん」

諏訪町の長屋の木戸に走り込むと、千鶴は井戸端で野菜を洗っていた女房におなつの住まいを聞き、その家に飛び込んだ。

「おなつさん……」

「先生……」

おなつがやつれた顔を上げた。

膝元のふとんには龍太が弱々しい息を吐いていた。

「上がります」

千鶴は返事も聞かずに、お道と上がりこんだ。

「どうしました……」

龍太の脈をとりながら訊く。

「熱を出して、下痢もしています」

「医者には診せたのですか」

「いえ」

「どうして」

千鶴は語気荒く言ったが、見回したところ、倹《つま》しい暮らしをしているおなつが、往診も頼めず、かといって酔楽の所にもいけなくなって、ただ息子の手を握って一晩座り続けたのかと思うと、次の言葉を失った。

脈はしっかりしていた。

熱を見て、舌を見て、目の色を見て、

「風邪ですね、流行《はやり》の風邪です。今度の風邪は幼い子や老人は下痢をするのが特徴です」

おなつは千鶴の所見を聞いてほっとした顔を見せ、

「千鶴先生、ありがとうございます」

「一日、いえ、半日遅かったら肺炎になるところでした。でもね、これで大丈夫、お薬をあげますから、しっかり飲ませて下さい」

「申し訳ありません」

「それからこれね、うちで作っている丸薬ですが、差し上げます。お道ちゃん」

千鶴はお道に言いつけて、

「このお薬を少しおかしいなと思った時に、飲ませてあげて下さい。たいがいの病気によく効きます。もちろん大人の人にも効きますからね」

千鶴は、ちいさなギヤマンの瓶をお道から受け取ると、銀色の小さな粒を、薬包紙に二十粒ほど包んで、おなつの手に握らせた。

「これね、お薬屋さんでは奇応丸《きおうがん》の名で売っているものと同じですよ」

千鶴は言った。

「奇応丸！」

おなつがびっくりした顔で見返した。

千鶴が頷くと、お道が説明した。

「これは千鶴先生のお手製です。人参や沈香《じんこう》や、麝香《じやこう》や熊胆《くまのい》などを調合したものです」

実際このような高価な薬は、なかなか長屋の住人などの手に入るものではなかったのである。

「こんな高価なものを……龍太のために……」

おなつは掌の物を見つめながら言い、改めて頭を下げた。

「それからね、おじさまからこれを預かってきましたから」

千鶴は袱紗に包んだ五十両の金を出した。

「千鶴先生……」

おなつは、その袱紗を押し返した。

何が入っているのか、おなつにはわかっていたのである。

「遠慮はいりません。おじさまは何もかも承知です。このお金で柿田さんと出直してほしい、龍太ちゃんを立派なお子に育ててほしいとおっしゃって」

「……」

「おじさまはこうもおっしゃいました。おなつは決して悪い女ではない。わしにひととき、いい夢をみさせてくれた、そのお礼だと……」

おなつは両手で顔を覆った。

小さな声を上げておなつは泣いた。

「母様……母様……」

龍太が心配そうな目を向けている。

おなつは慌てて涙をぬぐうと、龍太の上半身を抱き起こして、ぎゅっと胸に抱いてやった。

「母様、とと様は……とと様はいつ？」

いつ帰ってくるのかと聞いているのである。

龍太の口癖だった。

嫌なことがあったり、逆に嬉しいことがあったりすると、龍太は父がいつ帰ってくるのかと聞くのである。

「もうすぐですよ、龍太……もうすぐお帰りになりますよ」

「竹トンボがおみやげ？」

「そう、竹トンボをおみやげにね」

おなつが頷くと、龍太は荒い息の中から、にこっと笑った。

「龍太……」

おなつは、龍太を抱き締める。

帰って来るあてもない粂次郎との家族の絆を、二人はそうして取り戻しているのだと、千鶴は思った。

ふつふつと、柿田粂次郎への憤りが、千鶴の胸を満たしていく。

「先生……千鶴先生。ごめん下さいやし」

顔を出したのは五郎政だった。

「ちょいと、よろしいでしょうか。浦島の旦那をご案内して参りやしたが」

と言う。

「お道ちゃん、お願いね」

千鶴はお道に後を頼むと外に出た。

戸口に浦島亀之助と猫八の姿があった。

「決まったんですよ、手入れが。それでね、あの柿田という旦那を千鶴殿はどうなさるのかと……」

亀之助が小声で言った。

「いつです？」

「今夜です。日の落ちるのを待って突入します。先生にはお知らせしておいた方がいいと思いましたのでね」

「……」

千鶴は緊張した面持ちで頷いた。

――急がねば……。

千鶴は、おなつの家を振り返った。


五郎政は仕舞屋の前に柿田条次郎を呼び出すと、

「ちょいとそこまでご足労願いやす」

先にたって菊屋橋に向かった。

五郎政はおなつの使いで来たと告げてある。

「おい、どこまで行く気だ」

条次郎は、渋々ついて来た。

橋を渡りながらちらちらと背後を振り返る。その時条次郎は、一瞬おびえた表情をみせるのであった。

「旦那、でえじな話がございやして」

五郎政は橋を渡り切ると、遠くまで続く東本願寺の塀を顎で指した。塀と大路の隔てる堀に沿って歩く。用心のためだった。これなら片側に注意を払わずとも歩ける。

なにしろ東本願寺は、敷地一万五千坪にも及ぶ広大な寺である。菊屋橋から表門までのかなりの距離を、五郎政は往来の人に注意を払って先にたって進んだ。

なにしろ、これまで見張っていた限りでは、条次郎が外に出てくるたびに、それとなく監視がついて来る。

たいがい二人連れで条次郎を監視しているようだが、その男たちがいつ、後ろから、ふいに現れないとも限らないのである。

注意するに越したことはなかった。

「こちらです」

五郎政は表門を入ったところで左に折れた。

こちらは参道と違って人の影はない。左は塀の際に松の並木が続いていて、右側は塔中《たっちゅう》の塀が続く。死角だった。

「こんなところまで呼び出して、もうよかろう」

粂次郎は立ち止まった。

五郎政が振り返ると、

「金を預かって来たのなら早く出せ」

険しい顔で言った。

色白の男だが、目がつり上がって狐のようだと、五郎政はぞくりとした。

「おっしゃる通りで、へい……ちょいとお待ちを」

五郎政は、ふっと油断をさせたかと思ったら、すばやく粂次郎の背後に走った。走りながら叫んだ。

「旦那……」

すると、松の木の陰から、懐手の求馬がふらりと現れた。

「誰だ……」

粂次郎は思わず身構える。

「待て、争うつもりはない。俺は菊池求馬という貧乏旗本」

求馬は、医師酔楽の知り合いだと告げ、これまでの、おなつとの関わりを手短

に述べると、

「お内儀に代わってお前を迎えに来た。帰ろう」

冷たい目でじいっと見据えている粂次郎に言った。

「ふん。おなつのことより金だ」

「妻子がどうなってもいいというのか」

「お節介な奴だな。俺は奥寺様に借りがあるのだ」

「借り……どんな借りだ。恐喝しそこねた百両の金をひねり出すように脅されているのじゃなかったのか……」

「うるさい、黙れ」

「やはりな。いいか、こっちは何もかもお見通しだ。しかしそんな話は借りとは言えん。頭を冷やせ」

「黙れ黙れ。妾の腹に生まれた俺が、どんなに家族から冷たい仕打ちを受けたのか、お前にはわかるまい。この世に俺はいらぬ人間だとまで言われたのだ。誰がそんなことを決めたのだ。それは俺が決めたんじゃない。この武家の世が決めた……そうだろ。俺は苦しんだ。そんな俺を助けてくれて、人間扱いしてくれたお人が、奥寺様だった」

「柿田殿……俺も貧乏旗本と言ったろう。おぬしの気持ちもわからぬではないが、ならば百姓はどう言うのだ。百姓の次男三男はどう言えばいい……世の中には、不遇な人はいっぱいいいる。気持ちはわかるが、だからといって悪に手を染めていい筈がない」

「……」

「言うまいと思ったが仕方がない、教えてやろう。今夜、あの家にお奉行所の手入れがあるぞ」

「何……」

「お前も覚えがあると思うが、仲間に吉という男がいたな？」

「吉……」

粂次郎の表情が動いた。警戒する顔だった。

「先だって吉は殺されて川に投げ込まれていた。自害を装っていたのだが、千鶴という医者が、なんなくこれを見破ってな。奉行所は犯人を探していた。というより、吉は奥寺祥軒の手先ということはわかっていたから、やったのは祥軒に違いないと踏んでいた。そして、下手人がわかったのだ」

条次郎の白い顔が固まった。次第に表情のない顔に変わって行く。

求馬は続けた。

「下手人はやはり奥寺祥軒、おまえたちの頭目だ」

「貴様……」

「隠しても無駄だ。奥寺が手下の鮫蔵《さめぞう》という男に命じて殺したのだ。仲間の一人をつかまえて、なにもかも吐かせたということだ。奥寺はもう助からぬ」

「金が無いのなら帰る」

条次郎は踵を返した。

「待てと言うに……」

求馬の声に反応して、五郎政は両手を広げて立ちはだかった。

「ふん。退け。退かぬと斬るぞ」

刀に手をかけた条次郎の背に、苛立ちを含んだ求馬の声が飛んでくる。

「条五郎、おぬし、いま龍太が熱を出して、おなつが懸命に看病しているのを知っているのか」

「龍太が……」

粂次郎は、柄に手を添えたまま、体を求馬に向けた。

その顔には、ちらと不安げな表情が宿る。

「そうだ、龍太は病と戦いながら、お前に会いたがっている」

「……」

「いつ帰ってくるのかと、何度も聞いているそうだ」

「だから……そのためには金がいるのだ」

粂次郎が言った時、

「あなた……」

おなつが千鶴と走って来た。

「酔楽先生は、なにもかも承知で、残りの五十両を持って来て下さいました」

「これへ貰おう」

しょうこりもなく、手を伸ばす粂次郎だった。

それを見た千鶴が、腹立たしげに言った。

「残りのお金は、祥軒にやるお金ではありません。あなた方お二人が新しい暮らしを始めるお金ですよ」

「ふん。なんだかんだ言って、金などないのだろう。嘘をついて俺をここに呼び出したのだな。もういい」

条次郎が表門に足を向けた時、おなつが必死の表情で走り寄った。

「嘘ではございません。ここにあります。御覧下さいませ」

慌てて帯にくくりつけていた胴巻きを外して見せた。

「貰っていく」

条次郎はそれをひったくると表門に足早に向かった。

「待て」

求馬が条次郎を追い、千鶴がその後を追った。

条次郎は門を出ると、人込みの中を急ぐ。

だが突然現れた太った背の低い男と、ひょろりとした背の高い男が、条次郎を挟むようにしてどんっと突き当たった。

条次郎がばたりと倒れた。

周りの通行人から悲鳴が上がった。

粂次郎の懐から、二人の男はすばやく胴巻きを抜いて駆け去った。

「柿田殿……」

求馬が走り寄ると、粂次郎の腹には匕首《あいくち》が深々と刺し込まれていた。

「ゆるせぬ。千鶴殿、頼む」

求馬は、柿田に取りすがって叫ぶおなつの声をとらえながら、前を行く二人を追った。

二人は振り向きもせず足を早めていた。

――しまった。このまま仕舞屋に逃げ込まれては面倒だ。

求馬の脳裏に不安が過ぎった。

だが、菊屋橋の上で二人は、ぎょっとして立ち止まった。

あの五郎政が、稲妻のように先回りして、橋の上で大手を広げて二人の行く手を止めたのである。

「五郎政、気をつけろ」

求馬が駆け寄るより早く、

「野郎、退け」

五郎政に、匕首をかざした太った男が飛びかかっていた。

五郎政は、これを躱《かわ》し、男の背後に回って足に食らいついた。

「五郎政」

求馬は走り込みながら、求馬に向かってきた背の高い男の腕をねじ上げて当て身を打った。

「うっ」

体を二つに折ったところへ、足をかけて地面に叩きつけた。

失神したのを見届けて、五郎政のもとに走る。

五郎政は、逆に馬乗りにされ、匕首を胸に落とされるところだった。

「待て」

求馬は飛び込みざま抜き放った刀の切っ先で、太った男の二の腕を斬り飛ばしていた。

「あわ、あわ、あわ」

男はおなつの胴巻きを落として走り去った。

橋の上で、小判の落ちる哀しい音が響いた。

「大丈夫か」

求馬は五郎政に念を押すと、粂次郎が刺された現場に引き返した。

「求馬様……」

千鶴は呆然として粂次郎を見つめているおなつを見て頷いた。

粂次郎はおなつの膝元に顔を寄せるようにして、息を引き取っていた。

おなつの手には、作ったばかりの、まだ削ぎ跡も新しい竹トンボが握られていた。

千鶴が粂次郎の死に顔を見て言った。

「龍太ちゃんにって……やっぱり、父親だったのね」

「ああ……あなた」

その言葉を聞いた途端、おなつが泣き伏した。


その日は、ことのほか桂治療院は賑やかだった。

元気になった龍太を酔楽が背中に乗せて、

「はいはい、どうどう……」

などと言い、治療室をあっちに行ったり、こっちに行ったり——。

酔楽が嬉しそうに龍太を見て腰を振るたびに、見物している者たちから、どっと笑いが起こる。

なにしろそこには、千鶴はもちろん、お道、お竹、五郎政におとく、そして求馬まで揃っているのだ。

十日前の夜、祥軒一味は南町奉行所に踏み込まれ、一網打尽、皆捕まって小伝馬町の牢屋に入っている。

奥寺祥軒はむろんのこと、一同重い罪に問われるのは必定、一件落着だと亀之助が猫八と数日前に報告に来た。

おなつはというと、粂次郎の葬儀を終えると、田舎の下目黒村に帰り、龍泉寺で粟餅を売るというのである。

「龍太は町人の子として育てます」

おなつは、きっぱりと言った。

何かがふっきれたような明るい顔で、千鶴もほっとしたところである。

酔楽が渡した五十両も千鶴のところに返しに来たが、酔楽の気持ちをくんでや